翼竜騎士《よくりゅうきし》とアルファの花嫁《はなよめ》

遠野春日
HARUHI TONO
Illustrator
春

この物語はフィクションであり、
実際の人物・団体・事件等とは、一切関係ありません。

Contents

acter

23歳。αで近衛騎士団所属。
ボワイエ伯爵の三男。
父親の政略結婚のコマとしてビッチングによりΩに変えられることを嫌い、
逃れるため翼竜騎士団所属を希望する。
美しいが不愛想で気が強く負けず嫌い。

シリル・ボワイエ

リュオン・ノエ・ルフェーブル

25歳。αでエリート部隊の
翼竜騎士団の騎士長。
王弟陛下の次男で、ゆくゆくは
母方の侯爵家を継ぐ予定。
皇太子とは親友同然の仲。
以前、シリルの野心家な父から彼との
縁談話を持ち掛けられたことがある。

Char

イレーヌ

22歳。リュオンの3歳下で母方の従妹。
リュオンにとって妹のような存在。
聡明で茶目っ気がある。

グウェナエル

シリルが捕獲し相棒にした翼竜。
面長の厳めしい顔に眼光鋭い紅い瞳。
美しい蒼玉色の若い綺麗な翼竜。
虹のような七色の光沢を放つ翼を持つ。

モルガン

リュオンの相棒。黒曜石のような
黒い瞳、玉虫色の珍しい体表に
覆われた圧倒的な大きさと威厳、
王者のような風格を有する翼竜。
グウェナエルより大きく、速い。

翼竜騎士とアルファの花嫁

＊＊＊

ベルトラン王国の都の北部高台に聳《そび》える王城からは、遙か西方の国境に横たわるガルガン山脈を一望できる。

険しい山々が連なる中でも一際高く、天に向かって突き出された槍を思わせるのが、最高峰のゲレ岳だ。切り立った崖のような岩山で、頂上付近は低い雲に覆われて見えない。

地上に住まう者を拒絶するかのような、荘厳で孤高な威風堂々とした佇まいに、遠くから眺めるだけで畏怖の念が湧く。

あの山のてっぺんに、希少種の翼竜たちの棲家がある。

登るだけでも決死の覚悟がいる難所だらけの山を踏破し、繊細で気難しく縄張り意識が強くて攻撃性が高いと言われる翼竜を捕獲するなど、ごく普通の生き方を望む者は考えもしないだろう。

——だからこそ、やり遂げた者たちは特別と認められ、栄誉ある『翼竜騎士団《よくりゅうきしだん》』のメンバーとして国中の人々から敬意をもって遇される。

やっと、ここまで来た。

翼竜騎士団に入団するために必要な資格獲得の機会を摑んだ。

塔の上からゲレ岳を見据えるうちに、あらためて実感が湧いてくる。期待と不安が一緒くたに押し寄せ、心がざわつく。全身に鳥肌が立っていた。

長かった。近衛騎士団で二年あまり、常に成績優秀者としてトップグループに居続け、寝る間も惜しんで武術と剣術、さらには座学を極め、存在感を示してきた。その甲斐あって団長の推薦を受け、エリート中のエリートが集う翼竜騎士団へ行くための足掛かりを得たのだ。

ここに至るまでの努力と研鑽《けんさん》の日々を反芻《はんすう》すると、我ながらよく頑張ったと己を褒めちぎりたくなる。同時に、本当に大変なのはここからだと気を引き締め直す。

「どうした、シリル・ボワイエ。よもや登頂前から怖気づいたんじゃないだろうな？」

いきなり背後から皮肉たっぷりな声を掛けられる。

ビクッとして、肩が揺れた。

振り返ると、悠然と腕組みした長身の男が、すぐ傍まで近づいてきている。

いつの間に。

まったく気配を感じなかった。

驚きに開きかけた口を即座に噤《つぐ》む。不覚を取ったと認めるのも癪《しゃく》で、何食わぬ顔をする。負けず嫌いは生来の性格だが、ことに彼が相手だと一段と意地を張りがちになる。

「いえ。そのようなことはありません、ルフェーブル騎士長」

型通りに敬礼し、儀礼的に畏《かしこ》まった態度を取る。

リュオン・ノエ・ルフェーブル騎士長は、澄んだ青い瞳に揶揄を湛え、探りを入れるような眼差しを向けてくる。精悍な印象の整った顔立ち、騎士団の礼装用の衣装が映えるすらりとした体軀、自信に満ちた物腰、余裕たっぷりの態度。二歳しか違わないのに格の違いを感じさせられ、高貴なオーラに自然と体が硬くなる。階級も上だし、なんといっても騎士たちの憧れである翼竜騎士団所属だ。その上、国王陛下の甥とくれば、気安く言葉を交わすのも憚《はばか》られる。もとい面倒だ。万一不興を買うようなことにでもなったら、出世に響くかもしれない。

なので、近衛に入団したての頃はできるだけ関わらないようにしていた。もとより人付き合いが苦手で、気を遣いながら仲間内にいるより一人で過ごすほうが楽だし、性に合う。

それにもかかわらず、この気さくで揶揄《からか》い好きな騎士長殿は、何かにつけてかまってくる。正直言って迷惑だ。同僚騎士たちの中には、やっかみからかあることないこと言いふらす者もいる。どうやって取り入ったのかと、面と向かって聞かれたこともあった。知るか、の一言だ。こっちはむしろ避けようとしているのに、普段誰も上ってこない西の塔にいても、わざわざ嫌味を言いに来るのだ。

「まぁ、まずは、翼竜騎士団への入団資格獲得のための、翼竜捕獲許可が下りたこと、おめでとうと言っておこう」

年に一人か二人だけの栄誉ある役に、よりによっておまえが選ばれるとはな、と言わんばかりの、冷やかすような口調にムッとしたが、この場は神妙に「ありがとうございます」と返しておく。内心、相変わらずいけすかない騎士長殿だと思いながらも、翼竜捕獲に成功した暁《あかつき》には直属の上司になるわけだから、迂闊《うかつ》な言動は控えるべきだと感情を抑える。

「正直俺は、入団三年目で特殊部隊の翼竜騎士団に来るのは、いささか早いのではないかと思っていて、近衛騎士団の団長と副団長に意見しておいたんだが、シリル・ボワイエなら能力も人間性も申し分なく、入団したら必ず成果をあげるだろうと、大いに期待されているようだった。決まったからには、上層部を失望させる結果にならないことを祈る」

「騎士長は私が翼竜騎士団の一員になることに何か問題があるとお考えなのでしょうか」

苛立ちや不満を押し殺し、精一杯冷静に確かめる。本音は、確たる理由もなしに勝手なことを言っているのなら許さないぞと、食ってかかりたいところだ。

こっちは人生がかかっているのだ。単なる憧れだったり、名声や報酬欲しさでなりたいわけではない。この切羽詰まった気持ちは、王弟陛下の次男で、ゆくゆくは母方の侯爵家を継ぐであろうルフェーブル卿には想像もつかないだろう。

「問題があるとすれば、まだまだ騎士としての経験値が低いおまえが、ゲレ岳での過酷な試練を無事乗り越えられるかどうか、だな」

なんだかはぐらかされたようで納得がいかない。

「不満か？」

気持ちが顔に出ていたのか、おかしそうに薄く笑われる。

「……いえ」

いちおう否定して取り繕う。

騎士長はシリルの全身に視線を走らせ、僅かに目尻を下げた。

「さっき塔に上がってきたとき、おまえの後ろ姿を見て、相変わらずほっそりしていると思った。薄茶色の長い髪に夕日が当たって輝いていて、どこの姫君が紛れ込んだのかと一瞬本気で目を疑った。

言い方は悪いかもしれないが、おまえなら、あえて苦労を買って出なくてもほかにいくらでも楽に生きられる道がある気がした」

言葉は真摯で、悪気は全くないと伝わってきたが、それは最も受け入れがたい言葉で、自然と顔面がこわばる。

容姿の美しさに言及されるのはシリルにとって嬉しいことではなく、ある意味屈辱だった。この気持ちは他人にはなかなか理解されないだろうとも承知している。

シリルの表情を見て、この流れはまずかったと察したのか、騎士長はすぐに話を戻す。

「いずれにせよ、翼竜を捕まえ、乗りこなさなければ先へは進めない。話はそれからだ」

そう来られると、正論すぎて何も言い返せなかった。

「翼竜騎士団の一員になるには、自分の騎竜を持っていることが絶対条件だ。山を登りきれずに諦めた者、翼竜を捕まえられなかった者、捕まえはしても手懐けられなかった者——挑みはしたが団員になれなかった騎士は大勢いる」

「わかっています」

おまえもそうなるのではないかと予想されているようで、プライドを傷つけられた気分になる。

「ですが、私は絶対に諦めません。今回いただいたチャンス、ものにしてみせます」

己を鼓舞するためにも、騎士長の前できっぱりと宣言する。これでもう後には引けなくなった。

フッと騎士長が口元を緩ませる。

「いいだろう。見届けてやる」

明らかに面白がっている様子に、嫌な予感がした。

「……あの、まさか……？」

おそるおそる聞く。

「ああ。おまえの判定役は俺に決まった」

やっぱりか。最悪だ。思わず目を覆いたくなる。そうならそうと最初に言えばいいものを、ここまで引っ張るとは、どういう了見だ。弄《もてあそ》ばれたようで腹が立つ。

「そういうわけだから、道中よろしく。出立は申請通り明後日でいいんだな？」

はい……よろしくお願いします。完全に上の空で口を動かしていた。

過酷な道のりになるとは覚悟していたが、別の意味でさらにハードルが上がったようなものだ。世間が寄ってたかって嫌がらせしにきている気がする。

なにくそ、負けるものか。

誰に反対されても、邪魔されたとしても、意地でも翼竜騎士団に入ってみせる。

野生の翼竜を、呼べば来るように躾け、背に騎乗し、大空を自在に飛び回る。近衛騎士団の中でもまがうかたなき花形、皆に一目置かれるエリート部隊だ。能力の高いアルファだと証明するのに、これ以上有効な方法はそうそうない。血の繋がりのない父、ボワイエ伯爵も、翼竜騎士団の一員になれたなら、アルファとして生きることを認めると約束した。きっと無理だと踏んでのことだろうが、約束は約束だ。

せっかくアルファに生まれたのに、家の道具として皇太子の何番目かの愛人にならされるなど、とうてい受け入れられない。毎晩することをしているうちにオメガに性転換するかもしれないという話だが、そんな恥辱を強いられるくらいなら死んだほうがましだ。

このとんでもない事態を回避するには、翼竜騎士団に入るしかない。

シリル・ボワイエは誰よりも本気で必死だった。

1

　ガルガン山脈の最高峰ゲレ岳を目指すルートは幾通りかあるが、希少種の翼竜が棲みつく場所ゆえに、国王の許可なしに登ることはできない決まりになっている。翼竜を勝手に捕獲したり、所有したりすると罪になり、露見すれば厳罰に処せられる。外敵に対する気性の荒さと攻撃性の高さで知られる翼竜とむやみに接触すれば、襲われて命を落とす危険もある。そもそもが踏破するだけでも難易度の高い山なので、体力と登山技術に自信のある者でなければ自ら遭難しに行くようなものだ。

　ゲレ岳には麓《ふもと》から直接行くことができず、北側のアンティーブ岳、もしくは南側のレンヌ岳から縦《じゅう》走《そう》するしかない。ゲレ岳ほどではないにせよ、この二峰もある程度経験を積んで、登山に対する知識がないときつい。ルートファインディング技術も必要だ。

　二つの山は標高はほぼ変わらないが、アンティーブ岳よりレンヌ岳のほうが登山道の勾配《こうばい》が比較的緩やかで、そのぶん縦走路の起点に出るまでが長い。小さなアップダウンを繰り返しながら登っていく地形のため体力配分が鍵になり、時間も必要だ。こちらのルートを行くならば、レンヌ岳頂上付近の無人山荘で一泊し、翌日尾根を進んでゲレ岳に向かい、着いた地点でさらに一泊することになる。そこからがいよいよゲレ岳山頂を目指しての登頂だ。

　検討を重ねた結果、今回はアンティーブ岳側の登山口から出発することにした。こちらならば最短ルートを取ることで一気にゲレ岳との分岐地点まで行ける。この一日の差は大きい。レンヌ岳と比べるとハードな道程にはなるが、日々厳しい鍛錬《たんれん》をこなしてきたので一般人よりは健脚だ。肉体を使うことにも慣れている。天候も予報では安定しているようだし、自らの技量を鑑《かんが》みた上で、大丈夫だと判断した。

「おまえのことだから、北からのルートを選ぶと思っていた」

判定役として同行するリュオン・ノエ・ルフェーブル騎士長は、手のひら大の石がごろごろしている草ぼうぼうの道を、ひょいひょいと軽妙な足取りでついてきながら話し掛けてくる。

登山口からしばらくは樹林帯で、半刻かけてそこをようやく抜けたと思ったら、石と草だらけの道なき道を延々と歩くことになり、早くも疲労が溜まりつつある。正直、騎士長殿のお喋りに付き合いたい気分ではない。

できるだけ体力を温存しておきたいので、相槌《あいづち》を打つのも面倒だ。

とはいえ、相手は翼竜騎士団の騎士長殿である。一騎士の身では無下にもできない。後々不利益を被《こうむ》るのは避けたいので、仕方なく相手をする。

「レンヌ岳のほうから登ったほうがよかった、と騎士長はお考えなのでしょうか?」

チッチッとルフェーブル騎士長は気に入らなそうに舌打ちする。よく言えば気取りがなく、失礼を承知で言わせてもらえば少々無作法だ。品はあるのに必ずしも行儀はよくないところに、破天荒な人柄が感じられる。王族は王族でも、王弟の次男となると、自由奔放にやりたいことをやって許されるご身分なのだろう。こっちとしても、必要以上にしゃちほこばらずにすむので楽ではある。

「その騎士長というの、やめてくれ。堅苦しいのは好きじゃない。騎士団内ではともかく、こんな山の中でまでそう呼ばれるとむず痒い。俺のことはリュオンでいい」

「そうですか。わかりました」

べつにどうでもよくて、返事がおざなりになる。不敬なやつだと思われたくないから、無難に肩書きで呼んでいた。本人が不満なら希望通りにするだけだ。できればこちらのことも、おまえ呼ばわりせずに、シリルと名前で呼んでほしいが、頼める立場ではないので黙っていた。

「しかし、おまえはいちいち突っかかった物言いをするな。顔に似合わず無愛想で気が強いという評判は聞いているが、俺のことはそんなに気に食わないか」

「誤解です」

どこか面白がっている感じの口調でずけずけと言われ、その通りだよと胸中で認めながらも、心外そうに否定する。

「ゲレ岳に登って翼竜を捕獲され、翼竜騎士団で騎士長にまでなられた先輩のご指導を受けられるなら受けたい、その一心なんです。判定役に憧れの先輩がついてくださるとは予想もしていなくて、普段より緊張しているのかもしれません」

精一杯言葉を尽くし、持ち上げる。憧れの、と言ったときには我ながら歯が浮きそうだった。

嘘ではないが実際の気持ちはもう少し複雑だ。憧憬《しょうけい》とやっかみが半々といったところだろうか。体格に恵まれ、身体能力も知能も高い、いかにもアルファ然とした男には羨望と悔しさを覚える。リュオンはまさにその代表格のような存在だ。自分が持ち合わせないものをすべて備えていて、将来に何の不安もなさそうだ。同じアルファでこうも違うのかと、不公平さを嘆きたくなる。それでも卑屈にならずに生きてこられたのは、頑なで負けず嫌いの性格ゆえだ。

「ふうん。その気になればそういう当たり障《さわ》りのない発言もできるんだな」

またカチンとくる感心のされ方をしたが、かまわず受け流す。

「先輩がゲレ岳に行かれたのは三年前でしたっけ。先輩こそ騎士団入団後一年経つか経たないかで翼竜捕獲に挑む許可を取られたんでしょ。特例中の特例だと当時市井《しせい》でも騒がれてましたよ」

やはり、いきなり名前を呼び捨てにするのは抵抗があるため、ワンクッション置いて「先輩」を使う。その代わり言葉遣いは少し砕けさせた。リュオンもそれでかまわないようだ。

「まぁ、俺の場合は最初からその条件で近衛騎士団に招聘《しょうへい》された形だからな。もともと特別扱いだったと言うのが正しい。べつに身分的なことばかりが要因ではないと俺自身は思っているが」

それ以外に何があるのか、と聞くまでもなく、リュオンの特別さは承知している。身体能力、知性、品格、騎士に必要とされているもの全てが揃った逸材だ。誰もが認めている。

だが、それを本人に言うのもなんなので黙っていると、リュオンはここで話を止めるのは心地悪いと感じたのか、さらにお喋りを続けた。案外、リュオンのほうもシリルと二人きりでいることに幾ばくか気を張っているのかもしれない。ふと、そんなふうにも思った。

「俺は体の成長も早く、十五のときには今と変わらないくらい背が高くて、自分で言うのもなんだが大人びていた。だからかどうか知らないが、オメガの息子や娘持ちの親たちからのアプローチも結構あったたな」

いきなりオメガという言葉が出てきて、ギクリとする。

なんでそっちに話を持っていくんだ、と内心狼狽《うろた》えていた。アルファだのオメガだのという話題はなるべく避けたい。心がざわつき、平静でいられなくなる。

だが、そんなことを知る由もないリュオンには、暇つぶしにもってこいの世間話のようだ。

「中には俺もまんざらでもなくて乗り気だった相手もいたんだが、そういうのに限って途中で話がなくなったりする。王侯貴族の婚姻は往々にして家同士の駆け引きになりがちだから、他にいい相手が見つかれば親がそっちに行かせようとするのは珍しいことじゃない。しかし、残念ではあった」

これだけ見栄えがよく、身分も申し分ないアルファの男でも、天秤《てんびん》にかけられて弾かれることがあるのか。相槌も打たずに黙々と足を動かしながら、ちょっといい気味だと思って口元を緩める。

リュオンは話ができるくらいの距離を保って後ろをついてくる。

勾配がきつく未整備で歩きにくい山道を延々と登り続けているが、この程度はリュオンにとって散歩程度のものなのか、息一つ乱しておらず、放っておけばどれだけでも喋り続けそうだ。

「おまえもアルファだろう。ボワイエ伯の三男というのは微妙な立ち位置だが、縁談が来たりはしないのか」

「来ても断っているので」

そっけなく返す。嘘は言っていない。父親には何度も何度も嫌だと訴えた。抵抗の甲斐あって、条件付きで猶予期間をもらったのだ。

「政略婚は御免ということか。好きな人がいるのか」

シリルのプライベートに興味があるのか、リュオンはなかなかこの話題から離れようとしない。

「それより、先輩が翼竜ハントに挑んだときには、南からの縦走コースを取ったのですか」

そろそろ我慢の限界だったので、強引に話を戻した。

「いや。今回同様、アンティーブ岳から登った」

いきなり話題を変えても、あっさりと応じてくれて、かえって拍子抜けしたくらいだった。

飄然《ひょうぜん》としていて、何を考えているのかわかりづらい人だ。これから最低三日間、一緒に寝起きし、行動を共にするのかと思うと、遠目から見て意識するだけだったときとは別種の緊張に見舞われる。

「どっちの山からどのルートを選ぼうがゲレ岳に辿り着きさえすれば問題ない。ゆっくり登るか、一気に登るか、自分の体力と相談した上での力配分次第だ」

まともなことを言うときは、声音から軽いノリが失せ、真摯で頼りがいのある口調になる。

ピリッとした厳しさも感じられ、こちらの身も引き締まる。

「要は、届け出た日から七日以内に自分の翼竜を確保し、騎乗してみせればいい。判定役の俺がそれを見届けたら合格だ。今回はもう一人入団候補者がいるらしいが、どっちが先に翼竜を捕獲したかを競うわけじゃない。呼べばいつでもどこにでも飛んでくる騎竜を持っていること、それが団員の証《あかし》であり、絶対条件だ」

「もう一人というのはデヴィット・ゴティエでしょう。ベータだそうですけど、めちゃくちゃ優秀な人物ですよ」

ちょっと陰気な印象の、とっつきにくい男だが、同期でずっと鎬《しのぎ》を削ってきた。親しくはないが一目置いている。

「ああ。らしいな。彼のほうの判定役はナゼール騎士長だ。おまえと被らないよう、あえて出立日をずらし、十日後から取り組むと聞いている」

その話は初耳だ。互いに相手を意識して挑まずにすむよう、わざわざ調整してくれたとは、ありがたい。できれば二人揃って来期からの入団を決めたいものだ。自分だけ失敗するのは嫌だといっそう決意を強くする。

「ゲレ岳登攀《とうはん》も翼竜捕獲も過酷な試練には違いないが、挑む許可が下りたということは、達成できるだけの能力があると認められたからこそだ。力を出し切れば成し遂げられる。少なくとも俺は自分の可能性を僅かも疑わなかった」

その自信は、何もかも人並み外れて優秀なあなただから持てるんだ、と喉まで出かけたが、控えめに頷くにとどめる。

「春に生まれた若い翼竜が独り立ちし、自分の棲家を見つけるために標高の高い岩山に寄りつくのが、ちょうど今の時期だ。用心深くて、めったなことでは姿を見せない翼竜を捕まえられるのは、この間だけだからな」

「ええ」

百も承知だ。絶対に失敗できない。失敗すればまた一年待たなくてはいけなくなる。慣例的にも、二度目のチャンスはほぼないと覚悟すべきだろう。今まで一度の挑戦で騎竜を持てなかった者は翼竜騎士団にはいないと聞く。一発勝負の厳しさも翼竜騎士団がエリート集団とされる所以《ゆえん》だ。

話しながら歩くうちに、開けた場所に出た。

ところどころ山肌が覗く草原だ。ごつごつした岩を埋めるように生えた草が風に揺れている。白や黄色の小さな花も咲いていた。まだアンティーブ岳の八合目辺りだが、抜群の見晴らしのよさで、山々の稜線と水色の空が視界を占める。

「風が気持ちいい」

汗ばんだ顔に当たる風の心地よさに自然と声が出た。

「ああ」

リュオンも髪を靡《なび》かせながら、目を細めている。

たまたま目に入った横顔の整い方に、やっぱり顔もいいんだよな、とあらためて感心する。少し癖のあるダークグレーの髪、意志の強さを感じさせる青い目。鼻梁《びりょう》は高く、口元は理知的に引き締まっている。清潔感のある爽やかな美貌に、アルファらしい押し出しの強さ、色気、さらには自己肯定感の高さからくるのであろう余裕が加味され、とにかく魅力的だ。オメガなら視線を向けられただけで孕《はら》まされるんじゃないか。そんな下世話な想像までしてしまった。

「ひょっとして、俺の顔に見惚れているか？」

容姿もスタイルも最高だが、ときおり覗かせる不躾さや軽薄さが残念な騎士長殿が、否定されるとは微塵《みじん》も思ってなさそうな自信満々のにやけ顔を向けてくる。

「……はいと言ったほうがいいですか」

「べつに、いいえでもかまわない」

少し先に腰を下ろすのにちょうどいい岩がある。リュオンに指さされ、二人で歩いていった。並んで岩に座り、それぞれ持ってきた水筒を傾け、喉を潤す。

ここでひと休みするのも計画のうちだったので、しばらくゆっくりすることに異論はなかった。

「先輩は、ちょっと変わった方ですね。言われたことありませんか」

四方を山に囲まれ、頭上がぽっかり抜けたような場所で、普段は関わる機会もほぼない先輩騎士と二人きりという稀有な状況に、少し感覚が麻痺しているのかもしれない。そうでもなければとうてい口にできそうもない質問を、大胆にもしていた。

「面と向かって言われたことはないな。おまえも結構変わっていると思うが」

リュオンに怒った様子は見受けられず、むしろこの状況を楽しんでいるようだった。おそらく彼にとってはシリルなど半人前の取るに足らない存在で、まともに相手にする気にもなれないのだろう。

「どのへんが変わっていますか」

この際なので、自分がどんな人間だと思われているのか、知りたくなった。だいたい想像はつくが、リュオンの目にどう映っているのか興味がある。彼なら遠慮会釈なしに言ってくれそうだ。

「俺に平気で楯突くところ。俺がどこの誰か知らないわけじゃないだろう？　そんなやつはあんまりいない」

のっけから俺様な発言が出る。かといって尊大で鼻持ちならない印象を与えないのは、あまりにも淡々と、当然のことのように言ってのけるからだろう。言われたほうとしても、反発心より先に思わず苦笑いが出た。

「楯突いた覚えはないけど、馴れ馴れしすぎたなら改めますよ」

「その必要はない」

それが不快とは感じていない、ということらしく、一蹴された。

「あとは、そうだな、アルファにしては小柄で線が細くて、オメガだと言われたらそうだろうなと信じてしまいそうなほど綺麗なのに、そこいらの荒くれ者など目じゃないくらい腕っぷしが強くて、外見と中身のギャップが激しいところとかだな」

「アルファに生まれたからには、アルファとして生きたい、それだけなんですけどね。見かけで判断して侮《あなど》ってくる無礼な輩《やから》は、徹底的に叩きのめしてわからせるしかないでしょ。近衛騎士団の制服を着ていれば、さすがにオメガとは思われないみたいで、助かります」

ツンと澄まして返すと、リュオンはククッと声を出して笑った。

「その大層な気の強さとプライドの高さは、紛れもなくアルファだな。悪くない。俺は好きだ」

さらっと、好きだなどという意外なセリフを吐かれ、一瞬虚を衝かれる。本気で口にしたかどうか怪しく、言葉通りに受け止めはしないが、ドキッとしたのは確かだ。人を揶揄うのが好きなようなので、これもその一つだろう。迷惑な男だ。

「アルファに生まれたからには……か。なるほど」

リュオンが意味ありげに、なにやら納得したように呟く。

気になって、聞き流せなかった。皇太子とは従兄弟同士、歳も一つ違いなので、ひょっとすると途中まで話が進んでいた例の件について何か知っているのかもしれない。その可能性に思い至るや、放っておけない気持ちになった。もしも知られているのなら、誰にも言わないでくれと釘を刺しておく必要がある。

「皇太子殿下とプライベートでご一緒されること、あるんですか」

「あるさ」

唐突な質問だったはずだが、リュオンはなぜ急にそんなことを聞くのかなどと訝しがりもせず、気安く答える。

「もっとも、ここしばらくはお会いしていない。成人してからは、殿下はご公務、俺は騎士として務めを果たすことになったので、プライベートではめったにお目にかかれなくなった。殿下はご公務以外でもいろいろとお忙しいしな」

そこでリュオンはちらりと横目で流し見してきた。

隠し事をしてもすぐに暴かれてしまいそうな眼差しに、居心地が悪くなる。

「殿下に取り入ろうとでも考えているのか？」

冗談っぽく軽いノリで聞かれたのに、「まさか」と本気で否定してしまう。的外れすぎて訂正せずにはいられなかった。そんなふうに誤解されるのは心外だ。

「むしろ、できるだけお目に留まらないようにしているつもりです」

「それにしては翼竜騎士団は相当目立つと思うが」

おかしそうに突っ込まれ、要点をぼかしたまま会話を続けるのが早くも面倒になった。開き直ってだい全部話してしまうほうが楽なのではないだろうか。もとより、リュオンは情報通のようだから、だいたいの事情はすでに知っている気がする。

「仰《おっしゃ》る通りですが、そこは父との取り決めなので。入団できればという条件で、私の人生を左右する重大な決定を白紙にしてもらえるかどうかが懸かっているんです」

一息に言い、一本の長い三つ編みにした髪を前に持ってきて触る。何かしていないと間がもたず、無意識に手が動いていた。今まで誰にも話さなかったのに、よりにもよって苦手意識を抱いているリュオンに打ち明けることになり、戸惑っている。

人生を左右するとはまた大げさだな、と冷やかされるかと思いきや、リュオンはそこには触れず、眉根を寄せて、こちらに寄り添う表情をする。

「ずいぶん難易度の高い条件をつけられたものだな」

真面目に話を聞いてくれているのが声音からわかる。

その真摯な響きが心に沁みた。胸の中にポッと火が点《とも》ったようだ。肩の力が抜け、思っていた以上に気を張っていたことに気づく。今なら、いや、今だけは、いつもより素直になれそうだった。

「父は私を疎《うと》んじていますので。本音では失敗することを望んでいるんでしょう。だからわざと通常の努力では成し遂げられない難題を吹っかけ、私を折れさせようとしている」

「ボワイエ伯爵は野心家のようだからな」

リュオンは有力な貴族の人となりは把握している様子だ。おそらく動向に関しても注意を払っているだろう。そうとくれば、こちらも隠し事をする必要はなくなる。

「野心家ですね。父にとっては、長兄以外の息子はすべて出世や金儲けのための駒《こま》でしかない。末子の私なんか、アルファに生まれたことを逆に忌々しがられたくらいですよ。産室に乗り込んできて、欲しかったのは娘か、もしくはオメガだった、と私を床に叩きつけんばかりの勢いで怒鳴ったそうです」

「聞きしに勝る強烈さだな」

さすがに引いたらしく、苦いものでも嚙んだような渋面になる。

「でも、父に疎まれているのは、それだけが理由ではありません」

口さがない使用人たちの噂話から事実を知ったのは、物心ついたばかりの頃だった。

「王侯貴族や富裕層が集まる社交場では、密かな噂になっているらしいので、もしかすると先輩の耳にも入っているかもしれませんが、ボワイエ伯爵は私の本当の父ではないそうです」

「ああ。そういう話のようだな」

リュオンはやはりこの件も知っていた。過度に驚かれたり、同情されたりしたら、こちらも対応に困るところだったので、淡々とした態度がありがたい。好奇心を剝き出しにするようなこともなく、品性を感じる。たまにムカつく言動はあっても、さすがは王族といったところか。

「父と母は政略婚で、共にアルファです。どちらも負けず劣らず放埒で、父と母の間に生まれたのは長兄だけです。次兄は父が外に囲ったオメガの愛人との子、私は母が浮気してできた子のようです」

父母の爛《ただ》れた関係性については、とうの昔にうちはそういうものだと割り切っているため、他人事のごとく突き放した言い方になる。

貴族社会では当主が正妻以外に愛人を持つのは珍しくない。しかし、いくらアルファとはいえ、妻が夫以外の男と関係を持ち、あまつさえ相手の子を産んだケースは稀らしい。

「対外的には私も伯爵の子ということになっていますが、人の口に戸は立てられません。皆、面と向かっては言わないけど、周知の事実なんじゃないですか。退屈しきった社交界の方々には格好の噂話のネタでしょう」

「確かに」

リュオンは皮肉めいた笑みを浮かべ、岩の上に片足を上げ、膝に腕を置く。

登山用の服装でこうしたしゃちほこばらない態度を見せられると、案外付き合いやすいのかもしれないと親しみが湧く。どんな格好をしても見栄えがいいとは、いささかずるいのではないかと不平の一つも言いたくなるが、素材が違いすぎるので羨んでも仕方がない。

「上二人は伯爵の血を引いているとすぐわかるが、おまえには似たところがないからな。ことに緑の瞳は誰譲りなのか、疑問を呈する者もいるだろう」

リュオンはそこでいったん口を閉ざし、僅かばかり逡巡するような間を置いた。

「……これは、とある人物から聞いた話だが、ちょうど今のおまえとそっくりな顔立ちをした楽師が、昔宮廷にいたことがあったそうだ」

「その人が母の相手だった可能性、なくはないかもしれません」

「知っていたのか」

「いいえ、知りませんでした。でも、以前ちらっと、私の父親は吟遊詩人だと、酒に酔った母が言っていたことがあったので、楽師というのはあり得るなと」

「そうか。あいにくその楽師の名前まではわからなかったが、珍しい経歴を持つ、ものすごい美貌の演奏家だったらしい。あらゆる楽器を初見で弾きこなす天才で、小鳥も集まってきて聴き入るほどの歌声を持っていて、国王陛下もずいぶんご執心だったとか。ところが、ある日突然、旅に出ると言って宮廷楽師を辞めてしまったそうだ。楽師が城を出るとき、どの騎士のものでもない翼竜が空を飛んでいて、まるで楽師を迎えにきたようだったという、どこまで本当かわからない話も付いている」

「珍しい経歴というのは、どういうものなんです？」

その楽師が本当の父かどうかはさておき、興味深い人物のようで、もっと話を聞きたかった。

「宮廷楽師になる前は辺境伯の許で国境警備隊に属していたとか、生まれは西の砂漠地域で、赤ん坊の頃に捨てられてそのまま死ぬはずだったところを、偶然近くを移動中だった遊牧民に拾われ、育ててもらったとか、その後さらに盗賊に拐《かどわ》かされて辺境伯の城の下働きとして売られたとか、とにかく盛りだくさんだ。全部でたらめかもしれないし、いくつかは真実かもしれない。話してくれた人物もわからないと言っていた」

「宮廷楽師になったのは、どういう経緯で？」

「国王陛下がまだ皇太子だったときに、隣国との国境付近を視察された際、随行した警備隊の中にいたそうだ。野営地で無聊《ぶりょう》を慰めるために楽器を演奏して聴かせたのをいたくお気に召され、そのまま連れ帰られた。宮廷楽師を務めたのは、ほんの一年あまりと言うから、実際に彼を見たことがある者は限られるだろう。社交場で噂が広まる前に姿を消したわけだ」

「母と関係を持ったのがその人だとすると、吟遊詩人として各地を旅して回っているとき、どこかで出会ったことになりますね。母はいっときもじっとしていられない人で、今も頻繁にあちこち出掛けているので、辻褄は合います」

「可能性はありそうだな」

リュオンは真面目な顔つきで同意すると、シリルの胸の内を探るような目で見据えてくる。

「実の父親に会いたいか」

率直に聞かれ、咄嗟に返事ができなかった。

「どう、ですかね。会うとか会わないとか、そんなふうに考えたことはなかったので、ちょっとわからない……」

それが本音だった。ずっと存在しないものだという感覚で生きてきたので、今さらという気持ちが強い。

「万が一、縁があって会えることになったとしたら会うと思いますが、捜し出してまで会いたいとかではないですね。それより私には成し遂げないといけないことが今目の前にあるので、よけいなことを考えている余裕はないです」

ほんのひと休みのつもりが、喋っているうちにあっという間に時間が経っていて、予定外に長く休憩してしまった。高い位置に昇った太陽を仰ぎ、岩から下りる。

「ゆっくりしすぎました」

リュオンのせいではないと承知していても、乗せられて話に引き摺り込まれた感が強く、つい恨めしい気持ちになる。

「夕方までにゲレ岳のラギャルデル池に着かないと。池のほとりの緊急避難用の小屋で一泊する許可を取っています。間に合わなかったら途中で野宿することになってしまう」

下ろしていたリュックを背負い直し、靴紐が緩んでいないか確かめ、行きましょう、とリュオンを振り返る。

さっきから、うんともすんとも返事がなく、動いている気配もしないと思っていたが、リュオンはまだ岩に座ったままだった。相変わらず片膝を立てた格好で、今し方歩いてきた登山路を見ている。

「何をしているんですか。私、先に行きますよ」

「あ？　ああ」

リュオンはいかにもおざなりな返事をし、ふと何かに引かれたように空を見る。

何かあるのかと、つられて頭を動かした。

鳥が一羽こちらに向かって飛んできている。大きな翼と鋭い嘴《くちばし》を持つ猛禽類だ。まさか襲ってくるのか、と一瞬身構えた。だが、大型の鳥は下降してくる気配はなく、二人の頭上で円を描くように一周すると、そのまま東の方へ飛び去った。

なんだったんだ、と訝しみつつリュオンを見る。リュオンは岩に乗せていた足を下ろしたが、すぐには腰を上げようとせず、凝《こ》りをほぐすかのごとく肩を揉みだした。

「天候が崩れる」

「はぁ？」

唐突に言われ、あらためて上空に目をやる。

「いや、綺麗に晴れているけど」

揶揄われているとしか思えず、言葉遣いに気をつけるのも忘れ、胡乱《うろん》な眼差しを向ける。

「西から徐々に雲が移動してくる」

肩の次は首をコキコキと前後左右に振りながら言う。飄然とした動きとは裏腹に、迷いのない、確信に満ちた口調だった。

「空気がだいぶ湿ってきた。この感じだと一刻半後には風も強くなるだろう。稜線の登山道は雨風の影響を受けやすい。予定のコースだと足場の狭い崖の縁を歩かないといけない場所もある。滑落の危険と隣り合わせだ。おまえの足では風が強まる前にトラバース区間を越えられるかどうか際どい。ルートを変えるか、もしくは天候が回復するまで待つか、どちらかにしたほうが賢明だと思うが、おまえの意見は？」

「えっ」

いきなり意見を求められて言葉に詰まる。

頭では、リュオンの見解はもっともで、蔑《ないがし》ろにすべきではないと承知しているのだが、決めつけた言い方をされると反発心が湧いてくる。第一、この後天候が荒れるという前提自体、絶対という保証はない。騎士長の並外れた知識と能力を疑っては失礼だが、正直半信半疑だった。

「ルートを変えるとすると、カールを迂回するか、登り返すかになるじゃないですか。かなりの回り道だ。それよりペースを上げて一気に難所を越えるほうがよくないですか。休憩して体力も回復していますので、無理ではないと思います」

「一日目から体を酷使すると後がきつくなるぞ。ゲレ岳に登ることが目的ではないことを忘れるな。達成すべきは翼竜の捕獲だ」

「それは、そうですが」

確かに少し焦っているかもしれない。

「天候が崩れるとしたら、どのくらいで回復するか、その予測も立っているんですか」

「今の時期だとだいたい一刻か二刻ほどで変わる場合が多いようだが、実際に風や雲の状態を見てみないと断言はできない」

「一刻か二刻、もしくはそれ以上になるかもしれないってことですか」

天候回復を待っていたら日暮れまでにラギャルデル池に辿り着けないかもしれない。

「俺は安全策を取ることを勧める」

決めるのはおまえだ、と最後は突き放されて、悔しいが自信がぐらついた。

大切なのは翼竜を捕獲し、入団資格を得ることだ。リュオンの言葉を反芻する。

「……では、天気が崩れそうな兆候が現れたら、その時点で強行は諦めます」

それでもなお、僅かでも結論を先延ばしにしようと粘ってしまう。

「そうしろ」

シリルの負けん気の強さはリュオンも承知しているらしく、意見の押し付けはしてこなかった。空が曇ってきたり風が強くなったりといった前触れは、間もなく訪れると確信しているようだ。

「俺は野暮用をすませてから行く。心配しなくてもすぐ追いつくから、先に行け」

「わかりました」

草むらで用を足したいということか。そう察したので、無粋な質問はせず、尾根を目指して歩き出す。振り返らずにずんずん歩を進めた。

しっかり休んだので元気を取り戻している。疲れも気にならなくなっていた。

天気、このままもってくれよ、と祈る気持ちで、自然と足速になる。

いくらリュオンが優れていようとも、絶対に間違わないわけではないだろう。何から何までお見通しなら人間離れしていて恐ろしい。天気予報は外れてくれていい。外れても文句など言わないから。

そういえば、とふと思い出す。

結局、なぜ翼竜騎士団に入団したいと躍起になるのかについては聞かれずじまいだった。言わずにすませられるなら、それに越したことはない。

すでに知っているから聞かれなかった可能性も大いにありそうだが、深くは考えないようにする。

険しい山々が連なるガルガン山脈の上には、今のところ、すっきり晴れた青空が広がっていた。

＊

登山用の大きなリュックを背負ったシリルが、下りになった道を歩いていくのを、やっぱり細いなと思いながら見送る。

淡い茶色の髪を邪魔にならないように固い三つ編みにし、日除けの帽子を目深に被った姿は、男にも女にも見えて性別不詳だ。こう言うと本人は嫌そうにするが、とにかく可愛くて美しい。色白で目が大きく、骨格が華奢なので、腰まで伸ばした髪を巻き、ドレスを着せたら、社交場で会うどんな淑女より映えるだろう。

ボワイエ伯爵の三男が、アルファであるにもかかわらず、女性と見紛う美貌だという噂は、かなり前から耳にしていた。仲のいい、敬愛する従兄殿も、珍しく関心を寄せていたようで、ご存知ですかと話を振ってみたら、照れくさそうに頷いた。本人と直接会ったことはないが、瓜二つと評判の肖像画を見たことがあると言う。皇太子という立場上、個人に対して好きとか嫌いとかの感情はあからさまにしないよう教育されている殿下が、気心の知れた従弟と二人きりだったから見せた素直な反応だったのだと思う。

その当時、リュオンとしては、シリルに対してこれといった感情は持っておらず、それほどの美形なら一度会ってみたいと俗な好奇心を湧かせただけだった。

問題は父親のボワイエ伯だ。

伯爵がたいそうな野心家だということは知れ渡っている。生まれは子爵家の次男だが、ずば抜けた商才の持ち主で、若くして事業を成功させ、巨万の富を得た。金にものを言わせて没落伯爵家の一人娘を正妻に迎え、自ら爵位を継いだのを皮切りに、長男の結婚相手に隣国の王女を迎えたり、次男を政務官に押し上げたりして、着々と国の中枢に近づいている。最終的には国王の外戚になろうとしているらしいとの噂も漏れ聞こえ、油断のならない人物だと動向に注意していた。

伯爵には世間に知られている三人の息子以外にも、何人か娘や息子がいるらしい。

いずれも一夜限りの相手や、メイドに手を付けるなどしてもうけた子で、認知はしていない。その中に、ある程度見栄えのする娘かオメガ性の子がいれば、有力貴族に嫁がせ、さらなる足固めに利用しようとしたのだろうが、あいにく伯爵にとって役に立つ子供はできなかった。

そこで白羽の矢が立ったのが、シリルだ。

めったにないことだが、同性のアルファ同士でも関係を持つことはできる。しかも、寝室で屈服させられたほうは、何度も何度も精を注がれるうちにオメガ化し、子供を産めるようになるという。いささか眉唾な話だが、そうやって番《つがい》になったケースは確かにあって、実際に何例か記録されているそうだ。

とはいえ、さすがに自らが地位と権力を得るために、本来能動的な特徴を持つ性であるアルファの息子を差し出そうなどと考えるのは、ボワイエ伯くらいのものだ。性別不詳の美しさを持つ妙齢の息子がたまたまいたから思いついたのだろうが、まともな親のすることではない。シリルが伯爵の実の子ではないと知って、ある意味納得した。

正直、気の毒な話だと思った。アルファに生まれた身には耐えがたい屈辱だろう。

その噂を聞いて以来、シリルを意識するようになり、一面識もないうちから気になる存在になっていた。何をするわけでもなく、どうしているかと折に触れ思いを馳せる程度だったが、翌年の春、新入騎士に交じってシリルが近衛騎士団に入ってきたときには、何の冗談だと目を疑った。

結局縁談はどうなったのか、表立った動きはなく、把握していなかったが、男性アルファとして近衛騎士団に来たからには立ち消えたのだろう。もともと無理がある話だと思っていたので、そのほうが受け入れやすかった。

意に染まぬ事態を回避できたならよかった。シリルの境遇を思いやってホッとする一方、自分なら正式に婚姻するだけして、あとは自由に生きさせてやっただろう、などと勝手な妄想を働かせもした。我ながらどうかしている。

そうか、俺はいつの間にかシリルを好きになっていたのかと気づいたのは、このときだ。それまで一度も会ったことがなかったのに、恋愛には興味のない自分がこういう惹かれ方をするとは想像もしておらず、変な話、何かに負けたような気がして、最初は認めがたかった。

近衛騎士団で初めて接したシリルは、ほっそりとした体格や、人形のように整った顔立ちからは予想できないほど気が強く、負けず嫌いで、おまけに自分の容貌に無頓着だ。切るなと父親に命じられているという髪は、無造作に三つ編みにしているだけで、手入れも適当のようだ。宿舎では非番の者は私服に着替えるが、いつ見ても飾り気のないシャツとズボン姿でいる。

これは家庭に閉じこめられる暮らしなど、苦痛以外の何ものでもないと感じるタイプだろう。伯爵も匙を投げたんだなとおかしくなって、ひっそり笑っていた。

ところが、この件は、水面下で思ってもみない方向に進んでいたのだ。

シリルの入団から三月ほど経った頃、普段はあまり連絡を取り合っていない王弟陛下、つまり父のルフェーブル公爵から手紙が届いた。縁談が来るかもしれないが検討する気はあるか、とのことだ。それまで何度も断っていたので、本格的に話を進める前におまえの意思を確認することにした、とご丁寧に付記してあった。

またかという気持ちでしばらく放っておいたが、そのうち忙しさに紛れて忘れてしまった。公爵もいつものことだと受け止めたらしく、返事の催促もしてこない。

一月後にやっと、今は職務に勤《いそ》しみたいので、としたためて遅ればせながら返信したところ、その件なら先方からなかったことにしたいと申し入れがあった、と筆まめな父からまたすぐ返事があった。

父親の不興を買ったことが、簡潔でそっけない文面から伝わってくる。公爵は不精を嫌うのだ。

これはまずいと思い、たまたま五日間の休暇を取らねばならなかったこともあって久しぶりに公爵邸に顔を出した。

そこで、実はボワイエ伯爵家からシリルとの縁談を持ちかけられていたとわかり、二重にも三重にも衝撃を受けた。

リュオンが返事をせずに放置していた間も、ボワイエ伯はおとなしく座して待っていたわけではなかったようで、なんと、皇太子に仕える侍従長を通じて殿下と接触し、シリルを側室として宮中に上げたいが、いかがかと伺いを立てたそうだ。

「それで、殿下はなんとお答えになられたのですか」

「シリル殿に異論がないなら喜んで、とお返事されたということだ」

以前から殿下はシリルの存在を知っており、肖像画を見て好意を持っていたようなので、そんな話があれば断りはしないだろう。

正直、ものすごく複雑だった。皇太子とは親友同然の仲なので、殿下が憎からず思っていた相手と縁ができるのは心底めでたいと思う。シリルにとっても、誰かと無理やり政略結婚させられるのだとしたら、殿下以上に素晴らしいお相手はそうそう見つからないのではないか。殿下は愛情深く、誠実で、お人柄も申し分ない方だ。それは長く傍にいた幼馴染みとして断言できる。

そうした気持ちに偽りはないが、同時に、なぜ自分はもっとちゃんと話を聞かなかったのか、返事をおろそかにしてしまったのかと後悔が押し寄せる。それもまた事実だ。

「しかし、この話、肝心のシリルが首を縦に振らない限り、実現しそうにない」

公爵の話には続きがあった。

えっ、と思わず声が出る。

「本人は承諾していないのですか」

ああ、と公爵は顎髭を撫でながら頷き、灰色の目でジロリとこちらを一瞥する。胸の内を見透かされたような鋭い視線に肝が縮む。シリルは殿下の許に行く気がないと知り、一瞬ホッとしてしまったのを悟られたようで、バツが悪かった。

「今、近衛騎士団に所属しているのも、執拗に縁談を勧めるボワイエ伯に抵抗してのことらしい」

そうだったのか。なるほどと腑に落ちる。近衛騎士団の騎士になると、どんな身分の者でも例外なく宿舎で共同生活をするのが決まりだ。家庭の事情次第では格好の逃げ場にもなる。入団に際しては騎士になるための試験に合格しさえすればいい。

「聞くところによると、なかなか気の強い、負けず嫌いだそうではないか。見た目で侮ると痛い目に遭わされると聞いた」

「俺は昨年から翼竜騎士団に異動しましたので、直接指導したことはありませんが、仰る通りのようです。剣も弓も槍も使いこなすし、体格が倍近くある相手と素手でやり合っても勝ったと指導教官が感心していました。知能も身体能力も高く、訓練でも実務でも確実にやるべきことをやり遂げる。間違いなく今期入団組のトップですね」

「このまま順調に成績を上げ続ければ、翼竜騎士団に行くのも無理ではなさそうということか」

「可能性は高いかもしれません。自分の騎竜を持てさえすれば入団を認められますから。シリルの目標は翼竜騎士団なのですか」

「翼竜騎士団の一員になれば、政略婚を強要しないと、伯爵が約束したのだ。猶予は入団から三年以内。それまでに達成できなかった場合は、伯爵の命令に従うと誓ったそうだ」

「入団三年目で翼竜捕獲に挑むのはかなり難しいと思いますが」

「しかし、おまえは一年後にはやり遂げたではないか」

「俺の場合は、子供の頃から翼竜に慣れ親しんでいましたからね」

「そうだったな。親と死に別れた幼竜を一時期保護していたことがあった」

「その翼竜ですよ、今の俺の愛騎。野生に返して何年も経っていたのに、俺を覚えていて、ゲレ岳に行ったら向こうから飛んできて、背中に乗せてくれました。なので俺は特例です。むろん、そうした幸運がなかったとしても、努力を重ねて実力で入団しましたけどね」

「翼竜騎士もいいが、ゆくゆくは侯爵家を継ぐ身だということは忘れるな」

最後は渋面になって釘を刺され、長居をすると小言が増えそうだったので、話にキリがついたところで退散した。

あれから二年経ち、シリルはついに翼竜捕獲の許可を得た。

これで見事翼竜を従わせることができれば、これから先の人生は、横暴な伯爵の干渉を受けることなく、自分の意思で選んで生きられる。

シリルにとって重大な意味を持つ運命の分かれ目に、自分も立ち会いたい。見届けたい。万が一にも事故に遭って怪我をしたり命を落としたりすることがないよう、翼竜に関しては誰よりも詳しいと自負している俺が判定役としてついて行く。この役回りは他の誰にも譲れない。

そう決意して、団長に話を通した。よくも悪くも目立ちすぎるシリルには、敵も多い。敵とまではいかずとも、気に入らないと反感を持ち、足を引っ張ろうとする者は少なからずいる。そういう人物が判定役に選ばれれば、不慮の事故が起きるのではないかと心配で居ても立ってもいられない。

今この場にリュオンがいるのは、決して偶然ではなかった。

シリルの後ろ姿がカーブで見えなくなってからも、遠くの空を眺めていると、登山道を登ってくる人物が現れた。

「ルフェーブル騎士長?」

向こうから訝しげに声を掛けられる。岩に座っていたのですぐ目に付いたようだ。

「こんなところで何をなさっているんですか」

「ひと休みしている」

摑みどころがない、などとたまに言われるのは、おそらくこんなふうに人を食ったような受け答えをするからだろう。

はぐらかすような返事をしても、レイモン・ブラン曹長はあははと大仰に笑って、余裕のあるところを見せる。

「見ての通りというわけですね。愚問、失礼しました」

物腰はソフトだが、笑っていない目と嫌味っぽい言い方が不快だ。

三代遡《さかのぼ》れば王族という家系の、リュオンにとって遠戚に当たる男だが、初めて話し掛けられたときから笑顔の裏で何を考えているかしれない油断のならなさを感じ、好きになれないタイプだと思った。

レイモンは、自分の目線が岩に座るリュオンを見下ろす形にならないように配慮してか、傾斜のついた場所で立ち止まる。こういう遜《へりくだ》ったふりをよくするが、全然心に響かないのは本人が胡散臭すぎるからだ。

「代わりの翼竜を捕まえに来たのか」

無駄口を叩いている暇はないので、単刀直入に聞く。

「はい。お恥ずかしい限りです」

「曹長は騎竜の扱いが乱暴すぎる。新たな翼竜を捕獲して従えることができたとしても、自分と同じ命あるものに力を借りているという謙虚さと感謝を持たなくては、最初の騎竜のように大怪我をさせて飛べなくしてしまうぞ」

この件については本気で怒りを感じ、レイモン・ブランは翼竜騎士としての資質に問題があるのではないかと、騎士長以上の役席者で構成する懲罰委員会に団員資格剝奪案を提起した。しかし、いささか厳罰にすぎると反対する委員が複数いたため、見送りになった。来期の新入団員入団式までに代わりの騎竜を従えていれば不問に付すことになったのだ。

「今度は肝に銘《めい》じます」

殊勝な態度を示すが、目に反抗的な色がある。内心はリュオンを敵視し、隙あらば蹴落として自分が騎士長になる、くらいのことは考えていそうだ。おまえのほうこそ今に翼竜騎士団から追い出してやる、と鼻息を荒くしていたという話は耳に入っている。

「しかし、奇遇だな。シリル・ボワイエと同じ日に出発するとは」

「ええ。僕も驚いています。知ったのが、あちこち日程を調整した後でした。ルフェーブル騎士長が同行されると聞いて、これは僕が不利になるなと思いましたが、この期に及んで中止することもできず、まだ負けると決まったわけでもないと奮起し、決行することにしました」

いけしゃあしゃあと申し訳なさそうに言う。知っていてあえて同じ日にしたんだろう、と喉まで出かかったが、平然と否定されるのはわかりきっている。

「俺は判定役として後からついていっているだけだ」

代わりにそれだけ言っておく。シリルに手を貸してやっていた、などとあることないこと言いふらされ、難癖をつけられたら面倒だ。

「シリルと一緒にいなくていいんですか」

「休み休みくらいでちょうどいいんだ」

確かに、とレイモンは頷き、リュオンを持ち上げるのも忘れない。

「騎士長のペースだとシリルがついていけなくなりますね」

「おまえももう行ったほうがいい」

「そうします。一刻以内に悪天になりそうですから」

気質や性格はさておき、翼竜騎士団にいるだけのことはあって、山岳地帯の変わりやすい天候も正確に読む。

それじゃお先に、と一礼してレイモンが先に行く。シリルの後を追うようにカーブを曲がったのを見届けた。

「さて。それじゃあ、俺もぼちぼち行くか」

岩から下りて、荷物を背負う。通常の装備品以外にも、あると便利な品々を持ってきたため、だいぶ嵩張《かさば》って重くなったが、これだけ負荷に差があっても、シリルに追いつくのは難しいことではない。

問題はレイモンだ。

すでに翼竜騎士であるレイモンと競合することになったと知れば、シリルは動揺するだろう。

もう一人の入団候補者デヴィット・ゴティエが、正々堂々と翼竜捕獲に挑むためとして、あえてシリルと重ならない日程を申請したのは、翼竜が一度に二頭現れることも、ましてや二頭同時に捕獲されることも、まずないからだ。

先を越されてしまったら、シリルが別の翼竜と遭遇する確率は絶望的に低くなる。翼竜は単独行動をする上、とても警戒心が強い。ゲレ岳の頂上に人間がいるとわかれば近づかない。

シリルはいろいろな意味で目立つ。レイモンにとっては邪魔な存在で、早い段階で蹴落としておこうという腹か。面倒なやつが絡んできたなと苦々しい気持ちになる。

体格と鍛え方に一朝一夕では埋められない差があるため、レイモンはすぐにシリルに追いつくはずだ。レイモンなら風が強くなる前に足場の悪い危険な場所を越えられる。そのつもりで先に進むに違いない。シリルが触発されてムキになり、約束を忘れて強行突破に踏み切ったら厄介だ。

まぁ、その前に、捕まえて止めるが。

今まで本気を出していなかったぶん、体力は温存してある。休憩前のシリルは本人が自覚するより疲れているようだった。水を飲んでかなり回復してはいたが、すぐに追いつけるだろう。

アップダウンが連続する登山道を、歩調をほぼ変えることなくどんどん歩いていくと、やがて前方に見慣れた背中が見えてきた。

その頃には、風が湿り気を帯びて重くなったと感じられるようになっていて、気持ちよく晴れていた空に薄いグレーの雲が広がりだしていた。今すぐ天気が崩れるわけではないが、下り坂になっているのは普通の人間でも察せられるはずだ。

「遅かったですね」

後ろから近づいていくと、気配に気づいた様子でシリルが振り返る。気のせいか、安堵したようにホッと息を洩らした。

「適当な場所が見つからなくて探し回っていたんですか」

「そんなところだ」

そっちの野暮用じゃない、と胸中で否定しつつも、そういうことにしておく。

「気は変わったか？」

直截にレイモン・ブランと会ったかどうか聞かなかったのは、シリルの態度に何の変化も見受けられず、何事もなく今まで一人で歩き続けていたとしか思えなかったからだ。シリルはどちらかといえば感情が表に出るほうだ。レイモンもゲレ岳を目指していると知って、これほど平静を保っていられるとは考えにくい。

「湿気が強まった。風の匂いも変わった。あなたの予測通り、時間が経てば天気が荒れてきそうなので、無謀な賭けに出るのはやめます」

シリルは天候が変化する兆《きざ》しを肌で感じて、リュオンの助言に従うことにしたようだ。こういうところは素直で信頼できる。自己本位な意地の張り方をするタイプでないことは、これまでの言動からもわかっていた。

「旅程が一日ずれるかもしれないが、それについてはどうだ。もう拘《こだわ》りはなくなったのか」

「焦る気持ちが完全になくなったわけじゃないですけど。一人で歩くうちに、一日ずれれば何か変わるのかと自分に問い直して、たぶん変わらないなと意識を改めました」

「賢明だ」

一人で歩くうちに、と言うからには、誰とも会っていないのだ。やはりレイモンはこの道を行かなかったらしい。

稜線に沿って造られた登山道に出るには、他にも行き方はある。さっき会った地点の先にも分岐した道があり、そちらを選べばここは通らない。だが、最短ルートはこちらだ。レイモンが知らないはずはなく、もう一方のルートを行けば安全な状態で難所を越えるのは厳しい。あえてそちらを選ぶ意味はないと思われる。

天候が崩れる前に、と言っていたのは口先だけだったのか。

レイモンの発言を真に受けられないのは、今に始まったことではない。気分屋で、言うこともやることも、ころころ変わるので、いつものことだと言えばその通りだ。だが、今回はどうもそういうことではない気がして引っ掛かる。何かよくないことを企んでいるのではと邪推せずにはいられない。

気になるが、シリルが不審そうな顔をしてこちらを見ているので、一旦棚上げにする。

「野暮用中に何かありましたか？」

「いや。なぜそんなことを聞く」

レイモンが同じ目的でゲレ岳に登ろうとしていると教えておくか、と一瞬迷ったが、知ったとしてどうなるものでもなく、ただ気持ちを乱れさせるだけだと考え直した。おそらくシリルはレイモンが騎竜をダメにしたことも知らない。翼竜騎士団内のこうした出来事は、外に漏れないように処理される。レイモンにとっても不名誉な話だ。新しい翼竜を期限内に確保しなければ、予備隊に降格になる。誰にも告げず密かにここに来ているはずだった。

リュオンの言い方がぶっきらぼうに聞こえたのか、シリルは「いえ、べつに」と張り合うようなそっけなさで返してきた。

なんとなく気まずい雰囲気が漂う。

適当なことを言ってこの場を取り繕うこともできただろうが、そんな柄ではないし、正直面倒だった。道の先を顎で示して一言促す。

「行くぞ」

ここからはリュオンが先導する。

シリルは、人一人を間に挟めるくらいの距離を空け、遅れずについてくる。

樹林帯に入ると地面を落ち葉や枝が覆った道を歩くことになる。大岩によじ登らなくてはいけない場所もあった。

先に岩の上に上がって、シリルに手を貸す。

「すみません」

差し伸べた手をシリルが素直に取る。

手袋越しではあったが、初めて手を繋いだことにちょっと緊張した。しっかり握って、引っ張り上げる。シリルも少し意識していたようで、頬に仄かに赤みが差していた。

大岩の上に無事上がってから、ほぼ同時にパッと手を離す。

妙に照れくさかった。

「あ、あと……、どのくらい天気もちそうですか」

「半刻足らずといったところだな」

青空はすでに薄れ、灰色に変わっている。西の方はもっと暗かった。

風も徐々に勢いを増し、葉ずれの音がひっきりなしにしている。

いつ雨が降り出してもおかしくない。

「少し急ぐぞ。この先に雨宿りできる洞穴がある」

シリルは「はい」と返事をした直後に、あっと呟いて空を見上げた。

どうした、と聞くまでもなく、リュオンの顔にもポツリと雨粒が落ちてきた。

*

リュオンが言った洞穴に着く頃、雨脚が急に強まった。

苔生《こけむ》した大岩の裂け目のような狭い入口から屈んで入ると、内部は想像以上に広かった。手前の方は岩だらけで歩きにくかったが、短い通路のようなところを曲がった先はぽっかりと開けており、楕円に近い空間が広がっていた。上に行くほど狭くなる斜めになった岩壁と、床のように平らな地面からなっていて、ちょっとした居室のようだ。片方の壁際に寝転ぶのにちょうどいい感じの岩があり、地面には乾いたサラサラの砂が敷き詰められている。一方の岩壁には、まさに造り付けの飾り棚のような天然の窪みが肩くらいの高さにあり、そこに真鍮《しんちゅう》製の小皿が置かれていた。

「なんか、すごいですね、ここ。いろいろ手が掛かってるみたいですが、これは先輩が？」

「ああ。偶然見つけたんだが、秘密基地みたいな感じで楽しくて、暇をみては手を入れてきた。今日のように天候が急変したときは格好の避難場所になるから、居心地いいに越したことはないと思ってな」

「そんなにしょっちゅうここに来ているんですか」

「せいぜい年に二、三度だ」

意外と凝り性のようだ。すごいと言われて、まんざらでもなさそうな、喜色を浮かべた顔をしている。こういうことが本当に好きなんだなと感じた。厳しく凜とした男前が、好きなことに目を輝かせる少年のように見えてくる。

リュオンは小皿に積もった埃を払うと、洞穴の入口で火を点してきた蠟燭をそこに立てた。

そうして、シリルの全身に目を走らせる。

「ちょっと濡れたな」

「はい。でも、ひどくなる前に雨宿りできる場所に着いたので、たいしたことないです」

濡れたと言っても髪と服が湿った程度だ。リュオンが真っ直ぐここに連れてきてくれていなければ、今頃まだ樹林帯を必死に歩いていただろう。

「どうせ今すぐは出られない。しばらくここにいるしかないな。その間に少しでも乾けばいいが」

リュオンに倣《なら》って上に着ていた登山用の防寒着を脱ぎ、髪をタオルで拭く。湿った防寒着は、リュオンが手際よく張ったロープに引っ掛けた。奥の方の左右の岩壁に釘が打ち込まれており、洗濯物を干せるように工夫されている。

シャツ一枚になって、タオルを使った後の乱れた髪を軽く手櫛で整えただけのリュオンは、普段とは雰囲気が違い、見慣れなくて妙にドギマギする。登山用の、体にフィットした飾り気のないシャツ越しだと筋肉のつき方がよくわかり、均整の取れた逞《たくま》しい体軀に溜息が出そうだ。

同じくシャツしか着ていない己の体の貧弱さが恥ずかしい。どんなに食べて、鍛錬しても、細いままだ。体質だから仕方がないと言われもするが、なぜ自分だけこんなふうに生まれついたのかと恨めしく思わずにはいられない。子供の頃からアルファらしくないと陰口を叩かれまくってきた上、アルファとしての存在価値を否定される事態が目前に迫っているとなると、自身を呪いたくなる。

少しでも体を隠したい気持ちになり、三つ編みを解く。

ふと視線を感じて首を回すと、リュオンが目を細めてこっちを見ていた。

「な、何か？」

気恥ずかしさから、不機嫌そうな聞き方をしてしまう。

「いや」

リュオンはバツが悪そうに視線を逸らす。

「ずいぶん伸びたなと、あらためて思っただけだ」

たいして意味はないとばかりに、そっけなく返される。

そして、すぐに話題を変えてきた。

「それより、この雨、予想以上に長引くかもしれない」

「なんとなくそんな気がしていました」

「雨風が収まってからでも難所は明るいうちに越えられるだろうが、そこからラギャルデル池までかなり距離がある。途中で日が暮れたら野営することになるが、切り立った崖の縁を延々と歩くから、そうした場所を見つけるのも難儀だ」

「ええ。どのみちラギャルデル池の緊急避難小屋に今日中に辿り着けないのなら、このままここで夜明かしして、明朝出発したほうがよさそうです」

「急に素直になったな」

リュオンに冷やかされる。

「べつに、闇雲に盾突きたいわけではありませんから」

天邪鬼《あまのじゃく》みたいに誤解されるのは不本意だ。

「わかっている。いちいちムキになるな。そんなだから揶揄いたくなるんだ」

「……すみません。コンプレックスの塊《かたまり》なので、侮られまいと気を張る癖があって」

自分でも不思議だが、なぜかリュオンに対しては、他の人には絶対言わないようなことを、ぽろっと口にしてしまう。相手が格上すぎて、肩肘張ったところでどうなるものでもないと心の奥で認めているから、正直になりやすいのだろうか。もしくは、何もかも見透かしてそうな目に負けているのか。

「コンプレックス、ね。まぁ、誰にでも何かしらあるものだが」

「先輩にもあるんですか」

「さぁな」

本気で意外だったので聞き返したが、含み笑いしながらはぐらかされた。

「わざわざ人に弱みを教えるほど俺はお人好しじゃない」

それもそうだ。

気を取り直し、洞穴の居室をぐるっと見回す。

「ここ、いいですね。先輩の秘密基地」

お世辞のつもりはなかった。子供の頃、夢中になって読んだ冒険小説を思い出す。自分だけの隠れ家が森の中にあると空想するのは楽しかった。自然の岩や切り株を利用し、テーブルや椅子、ベッドにする。そんな憧れがここには詰まっている。ワクワクが止まらない。

「いいだろう」

リュオンも得意げだ。

気心知れた関係では全くないはずなのに、今だけは距離が近づいた気がする。リュオンにも自分と似たような子供時代があったんだろうと想像されて、もしかすると、そのとき知り合っていたら気が合ったかもしれないと思えた。

先ほどよりさらに雨音が強くなった。洞穴の出入り口からこの居室まではカーブした短い通路で繋がっているため、外が荒れても、こちらにまで雨風が吹き込んでくる心配はなさそうだ。

「ジタバタしても仕方がないと腹を括《くく》ったなら、お茶でも飲むか」

「そうですね」

解いて丹念に水気を拭《ぬぐ》った髪を、後頭部で一括りにし、馬の尻尾のように垂らす。宿舎の個室ではよくこうしている。手先が器用ならもっと邪魔にならない纏め方ができるのだろうが、面倒臭さが先に立ち、やってみようと思ったこともない。どのみち……と思考を進めかけたとき、居室の左隅に置かれた木箱の方に行っていたリュオンが声を掛けてきた。

「その髪、翼竜騎士団に入ったら切るのか？」

頭の中を読まれて先回りされたのかと驚いた。

「もったいない気もするが。そこまで綺麗に長くしているのに」

「洗うのも乾かすのも手間なので、すぐにでも短くしたいくらいです」

「確かにその長さは、宮廷で着飾って扇子《せんす》で口元を隠している淑女たち向きだな」

さらっと言われた言葉に、痛いところを突かれた心地になる。

やはりリュオンはこちらの事情を知っているようだ。たまたま例に出しただけとは思えない。

リュオンは木箱に入っていた薪《まき》を腕に何本か抱え、奥に歩いていく。

居室の最奥に、地面を掘って作った浅めの穴があり、焚き火の痕跡がある。リュオンはそこに薪を入れた。洞穴の中で焚き火をしても問題ないらしい。空気が通る隙間がその辺りにあるようだ。

何か手伝うことがあればと思って傍に行ったが、リュオンが手慣れた様子で種火を作り、薪に火を移すのを見ているだけで、出る幕はなさそうだ。

「俺の荷物の中に片手鍋がある。それとカップ。あと、茶葉を入れた袋もだ。持ってきてくれ」

手持ち無沙汰にしていると指示された。言われたものと一緒に、自分の荷物からもカップ代わりのお椀を取ってくる。カップ一つで回し飲みするのは躊躇《ためら》われた。そこまで馴れ合える関係ではない。

焚き火の上には穴の縁より一回り大きな鉄製の格子が載せられていた。

小さめの片手鍋に水筒の水と茶葉を入れ、火に掛ける。

しばらくすると沸騰してきたので、取っ手を摑んで持ち上げ、火から離して少しの間さらに煮る。

野外らしい雑な淹れ方だったが、そのお茶は疲れた体に染み渡り、今まで飲んだ中で一番美味しい気さえした。寒い季節が終わり、日を重ねるごとに気温が上がってくる時節だが、シャツの上に何も着ずに過ごすにはまだ早い。肌寒く、冷えた体をお茶が温めてくれる。

リュオンは岩壁に片側の肩を預ける形で立ったまま、シリルは平らな石の上に両膝を抱えるようにして座り、お茶を飲む。近すぎず遠すぎない距離感がちょうどいい感じだった。加えて、奥で薪が燃えているのが、非日常的な雰囲気作りに一役買っている。

「こういうの、前からお好きだったんですか」

リュオンのことをもう少し知りたくなって、聞いてみた。

「勉強家で物静かな兄とは違って、俺は外で遊び回るのが好き、自然と動物が好きで、あちこちの山に登って野宿なんかもよくした」

どうりで野営慣れしているわけだ。

そもそも近衛騎士団の中の先鋭部隊というか、特殊部隊的な位置付けにある翼竜騎士団は、政情が安定していて他国との戦争も起きていない現在の状況下では、式典の箔付けに颯爽と勇姿を披露するのが主な役目とされていて、行軍や野営といった兵士らしいことは基本しない。王宮と王族の警備、護衛が任務の近衛騎士団は身分の確かな者しかなれず、実質的に上流階級の子弟で占められている。八割から九割は、そうした名家の、家督を継がない次男以下の男子だ。

「先輩は国王陛下の甥という高貴な身分なのに、翼竜捕獲という難関を乗り越えて今騎士長にまでなっておられるのは、近衛騎士団では物足りなかったからですか」

「あそこは俺にはぬるま湯すぎて退屈だった。言っちゃ悪いが、見た目重視のお飾り部隊だからな。辺境を警備している部隊とは存在意義が違う」

リュオンは、王族にはふさわしくない言葉遣いで、歯に衣着《きぬ》せずに言う。

「最初から一年務めたら翼竜騎士団に行くつもりで、翼竜捕獲に挑ませてもらうと、上と話がついていた。特別扱いなのは否定しないが、単に王弟陛下の息子だからというだけじゃない。俺は子供の頃に縁あって翼竜が身近にいたことがあり、翼竜のことを誰より理解できていて、彼らからも信頼されているとと自負しているからだ」

「天然記念物なみに希少で、許可された者以外は手を出してはいけない翼竜を？　それも王族特権ですか。私なんていまだかつて近くで見たこともないのに」

羨ましさが高じて、ずるいと口を尖らせそうになる。

「普通は皆そうだ。いや、俺だって自分の騎竜は、規定通りに、今のおまえと同じ行程を踏んでゲレ岳頂上で捕まえた。他の者ができていることが、おまえにできないとしたら、それはおまえがまだ翼竜騎士になる資格を持っていないというだけの話だ」

「ええ、その通りです」

騎士と騎竜の関係は一対一だ。他人の騎竜に触ることはできないし、同時に任務に就く騎士団のメンバー同士でない限り間近に見る機会もない。

ほぼ全員、ゲレ岳頂上で翼竜を探すときが初見で、条件は同じだ。

捕獲に失敗するとしたら、実力が不足していたのだと認めるしかない
その結果――父との約束通り、二年前から話がある高貴な御方の許に行くことになる。そこで毎晩望まないことをされまくるのだ。オメガ化するまで。挙げ句、子供を産まされる。

考えただけで怖気が走り、全身に鳥肌が立つ。

嫌だ。絶対に。

気がつくと、ぐっと奥歯を噛み締めていた。

「顔が青いぞ」

大丈夫か、と気遣わしげな声がして、はっとする。

「すみません、ちょっと別のことに意識が行っていました」

探るような眼差しで見据えられ、両手で持ったお椀に口を付ける。お茶があってよかった。

「おまえも、いろいろと大変そうだな」

リュオンの声音には労《いたわ》りが含まれているのが感じられたが、こういうときに突っ張ってしまうのがシリルの悪い癖だ。わかっているのに、理性より感情が先走る。

「否定はしませんが、同情はいりません」

どうして「そうかもしれません」程度にしておけないのか、言ってから後悔する。

普通はこの段階で愛想を尽かしたり、気分を害して怒ったりするのだろうが、リュオンは悠然と構えていて、シリルの大人気なさを真っ向から受け止める。

「ここまで来たら、やることは一つだけだ。背中に乗せてくれる翼竜を一頭手に入れればいい。捕獲の仕方は人それぞれだが、俺の感覚では、翼竜との関係は『運命のつがい』に似ている。不思議なことに、捕獲に成功した騎士たちを見ると、こいつにはこの翼竜だなと納得する組み合わせにちゃんとなっている。稀に、こいつらは噛み合っていないと感じるときもあるが、そういう場合はやっぱりうまくいってないようだ」

「そう簡単に仰いますが、私は体格的に劣っているので、腕力でなんとかするわけにはいかないでしょう。翼竜の気を引けそうなことを片っ端からやってみるしかありません。身軽ではあるので、近づいてきてくれさえしたら飛び乗って、私の騎竜になってくださいとお願いします」

「心を通わせ合えれば、成功したも同然だ。求婚するつもりで翼竜と真摯に向き合え」

「ええ。『運命のつがい』と出会えるよう祈っていてください。そういう気持ちでいることが大事なんですよね」

「アルファとオメガは互いに運命の相手がわかるらしいが、俺は翼竜との間にそれを感じた。心に響くんだ。すぐにわかる」

「先輩の話を伺って、私でもなんとかなりそうだと、自信が湧いてきました。少しだけ気持ちが楽になったみたいです」

「それはなによりだ。俺としても、判定役としてなるべく成功してもらいたいからな。不合格と上に報告するのは後味のいいものじゃない」

「今まで不合格にした候補者がいたんですか」

いや、とリュオンは首を横に振る。

「判定役を引き受けたのは今回が初めてだ」

「たまたま、ですか。……本当に？」

よりにもよって、なぜ王弟陛下の甥が判定役なのか。どうも裏がある気がしてならず、西の塔で話して以来ずっとモヤモヤしていた。例の件も知っているようだし、ならばいっそはっきり聞いたほうがすっきりすると思った。

「私の父が、私を皇太子殿下の許に行かせたがっているのはご存知ですか」

リュオンは岩壁から身を離すと、ゆっくりこちらに歩み寄ってきた。

平らな大岩に腰を下ろす。シリルがいるのとは反対の端で、別々の方向に顔を向ける形になる。

「ボワイエ伯爵から縁談の打診があった、とだいぶ前に殿下から聞いた。殿下としては断る理由もなく、よしなに、と御返事されたそうだが」

興味があるのかないのか察せられない、落ち着き払った口調で返される。

「近衛騎士団に入ってしばらくした頃のことで、父は私を連れ戻し、二度と逆らえないようにするために、こともあろうに殿下との縁談を推し進めようとしたんです。それまでにも何人かの方に話を持ちかけたみたいなのですが、アルファ同士の縁談は特殊なので、尻込みされたらしく。抜き差しならない状況に陥る前に、私は逃げました。近衛騎士団以外に逃げ場はなかった。けれど、父は諦めておらず、殿下なら私が断れないと思ったようです。私は嫌だと抵抗しましたが」

「それを聞いたとき、畏れ多くも殿下を断る者がいるのかと驚いた。だが、相手がおまえだと知って、さもありなんと納得した。噂を聞く限り、親の言いなりになって、政略結婚をするタイプではなさそうだったからな」

「宮廷生活とか社交とかは、肌に合いません。想像しただけで気が滅入《めい》ります」

「確かに、騎士のほうがおまえには合っているようだ。才能もあるようだし」

「騎士は子供の頃からの憧れでした。そして、自分の身と人生を守るために近衛騎士団を選んだのは正解でした」

国王陛下直属の近衛騎士団の最高責任者は陛下ということになる。陛下をお守りするために入団した者を、陛下以外の誰かが理由もなく解任することはできないというのが建前だ。そのため、伯爵も強引な手に出られず、翼竜騎士になればそのまま騎士団で務めに励んでいいと譲歩せざるを得なかった。近衛騎士から翼竜騎士になるのはとてつもなく難しい。なにより、翼竜騎士に絶対必要な資格が、まだ誰のものでもない野生の翼竜を自らの力だけで捕獲するというもので、この難関を突破して翼竜騎士の称号を得る者は毎年一人か二人だ。伯爵はシリルにそんな力はないとタカを括っている。

「三年以内に翼竜騎士になること、それが父の出した条件です。翼竜を捕獲できるのは、春先の今の短い間だけ。今年失敗したら、来年はもう、約束の三年を過ぎている。だから……」

「何がなんでも、か」

はい、と無言で頷く。話しているうちに全身に力が入っていた。息を吐き出し、体を緩める。

「殿下は穏やかで優しく、情の深い、尊敬できる御方だぞ」

「きっとそうなんでしょう。個人的には存じ上げませんが、申し分ない方だとお聞きします。私は殿下だからお断りするわけではありません。私は、これでも、れっきとしたアルファの男なんです」

最後は少し声が震えた。

わざわざこんなことを口に出して言わなくてはいけないとは、辱《はずかし》め以外の何ものでもない。情けなくて目が霞んでくる。みっともない顔をしたところをリュオンに見られずにすんで幸いだ。

「気持ちはわかる」

リュオンの言葉には口先だけではない誠実さが感じられ、感情が昂《たかぶ》っているせいか、ぐっときた。

「やれると信じて、最後まで諦めません」

さっきリュオンに鼓舞してもらったのが効いている。

最初は、よく知りもしないのに、なんとなく苦手意識を持っていたリュオンが同行すると知って、やりにくそうだと暗鬱《あんうつ》とした気持ちになったが、半日一緒に行動し、いろいろと話してみて、だいぶ印象が変わってきた。

なぜか勝手に、こういうなんでもできるアルファの男は、自分のような貧弱な男に同性として苛立たしさを感じているのではないかと思って、必要以上に身構えていた。馬鹿にされないよう、見下されないよう、先輩後輩の立場はあれど根本は対等だと示さなければと焦っていたのは否めない。けれど、実際に行動を共にし、いろいろなことを話すうちに、リュオンはそんな意識は持ち合わせておらず、同じ騎士として見てくれているのがわかるし、何より気さくで一緒にいて疲れない。こちらも自然体でいられる。

案外、リュオンとの相性は悪くないかもしれない。いっそそう思えるようになった。

「ところで、さっきの質問だが。俺が判定役になったのは偶然ではなく、殿下におまえが失敗するよう仕組んでくれとでも頼まれたんじゃないかと、そう言いたかったのか?」

「すみません。殿下に、そして先輩に対しても、失礼すぎる質問でした」

冷静になってみれば、皇太子殿下がそこまでしてアルファの側室を迎えたがるはずもなく、二年あまりの間にこんな話があったことすらもうお忘れに違いないと思えてきた。己の自意識過剰ぶりが恥ずかしい。

「殿下は、ご身分やお立場を笠に着て、思い通りにしようなどとお考えになる方ではない。おまえとの縁談についても、おまえの意志を尊重すると仰ったそうだ。だから、殿下に対する誤解は看過《かんか》できないが、俺には謝らなくていい。おまえが怪しんでいる通り、俺が同行することになったのは、たまたまじゃない。個人的な興味があったんだ、おまえに」

この期に及んで隠し立てするのは己の矜持《きょうじ》が許さなかったのか、リュオンは神妙に続ける。疑いを払拭しきれていなかったので驚きはなかった。今さらな気がして腹も立たない。それより、個人的な興味とはどういう意味だ、という戸惑いのほうが強かった。

「俺のところにも打診があったんだ、伯爵から。正式な話の前段階だったが」

「えっ！　まさか。嘘でしょう！」

驚きすぎて声が裏返りそうになる。

思わず振り返り、リュオンの方に体を動かしていた。

リュオンもゆっくりと向き直る。

「相手がおまえだったと知ったのが一月後で、返事がないのは脈なしだと早々に判断した伯爵から、白紙にしたいと断られて終わった話だ。終わったというか、段取りがつく前に潰れたんだが」

「……それで、私に個人的な興味が？」

「それまで以上に意識するようになった。無理もないだろう。一度じっくり話してみたかったんだ。

翼竜捕獲に同行すればそれが叶う。だから団長に自分から願い出た。それから先は団長の判断だ」

そこでわざわざ別の人物を選出する理由もない。リュオンが手を挙げた時点で確定していたはずだ。

「私なんかと一緒にいてもつまらないでしょう？」

気が強くて、反抗的で、可愛くない。同僚や先輩たちから陰で言われているのは承知している。

「いや。十分面白い」

リュオンは朗《ほが》らかに言うと、唇の端を小気味よさそうに上げる。

精悍な男前が笑顔でさらに魅力的に映えて見えた。

「でしたら、いいですけど」

ぼそっと呟くような声で返し、残り少なくなっていたお茶を飲む。すっかりぬるくなっていたが、香りは残っていて、最後まで味わって楽しめた。

＊

雨が上がって風が弱まり、再び晴れ間が広がったのは、あと二刻ほどで日没を迎える頃だった。

「明日は今日よりハードな行程になる。今夜は早めに食事をとって、さっさと休むぞ。しっかり寝て疲れを取るんだ。この洞穴は、完全な野宿よりは安全だし、寝心地もいいはずだ」

「この辺は危険な野生動物が出没するんですか」

シリルが顔をこわばらせる。

武器の扱いに長《た》けてはいても、実際に命あるものを仕留めた経験はなく、いざというときどうすればいいのか不安らしい。突っ張ってみせても、所詮は伯爵家の坊ちゃん、騎士としては新米だ。もっとも、近衛騎士や翼竜騎士の大多数は退役するまで一度も実戦に出たことがないというのが一般的で、シリルが他の者に比べて劣っているわけではない。それだけ平和な世の中が続いているということだ。

「いなくはないが、洞穴の中まで入ってくることはまずない。いても俺がいるから大丈夫だ」

大口を叩いたつもりはなく、当然のこととしてさらっと言うと、シリルは緊張を解いた様子でふわっと笑った。蕾《つぼみ》が花開いたかのような艶やかさで見惚れる。折れそうなほど華奢で、透き通るような美しさだ。相手もアルファだということを失念して、庇護欲を掻き立てられる。しかし、こんな見てくれをしていながら、当人はそこいらの騎士など足元にも及ばないほど強く、自分自身が本能的に誰かを守ろうとするアルファなのだ。抱き寄せたりしようものなら、侮辱するなと突き飛ばされるのがオチだろう。

「それは、どうも。先輩」

守ってやる的な発言がやはり不服だったのか、案の定シリルは複雑そうな表情になり、乾いた声で気のない返事をする。

いくら次期国王の殿下といえど、これほど気位の高いアルファの男を征服するのは容易ではないだろう。本人にその気があればともかく、全く受け入れるつもりのないアルファが、体だけ従わされても、そうそうオメガ化が成功するとは思えない。

無理だな、と嘆息する。

——ましてや、俺などが相手では。

「食事、どうするんですか。いちおう携行食持ってきてますけど」

シリルに聞かれ、現実に引き戻される。

「携行食はとっておけ。洞穴に非常用の缶詰を置いてある」

「助かります。秘密基地、素晴らしいですね」

「だろう。他のやつに言うなよ」

「誰にも言いませんよ。というか、そんな話ができるような友達いないので。安心してください」

「友達、一人もいないのか。淋しいやつだな」

「嫌われているんです。私がなんでもできて、人を頼らないから。傲慢で生意気だと煙たがられているみたいです」

「わからなくもないな」

「べつに、周りにどう思われようとかまいません」

妙に息の合った会話をテンポよく交わしながら、外に出る。

雨でそこらじゅう濡れて色濃くなった山の中を歩き回り、木の実やキノコ、食べられる草などを採集する。

シリルも知識は豊富で、食用にできる植物を間違えずに選んで採ってくる。

本はよく読むと言うから、どんな書物が好みかと聞いてみた。そうではないかと思ってはいたが、読書の傾向も似ており、それは俺も読んだ、好きだ、面白かった、といった話が尽きない。

「家にいた頃も、兄たちと一緒に何かすることはなくて、部屋で本ばかり読んでいました。外で遊ぶときは飼い犬が相手で。私に一番懐いてくれていたのでいい相棒でした。寿命がきて、私が七つか八つの頃に亡くなりましたが。読書は好きだったけど、勉強は嫌いでしたね」

「家庭教師とウマが合わなかったんじゃないのか」

「それもありますね。いちいち嫌味ばかり口にする、ツンとした女性の先生でした。ご年配だったからか教育方針が古臭くて、よく手のひらを打たれました。嫌で嫌で何度もすっぽかしましたよ。あの頃こんな秘密基地が私にもあったなら、一日中籠《こも》っていたでしょうね」

王室をはじめ上流階級の子弟は学校には行かず、それぞれの家で教師を雇って個人授業を受けるのが通例だ。その後、希望者は大学などで専門教育を修める。騎士団に入団すれば、座学で騎士に必要な教養を身につけつつ、鍛錬に勤しむことになる。

「騎士団で受けた授業は面白くて、勉強する楽しさを初めて知りました。いやでも成績落とせない崖っぷちの状況だったので、好きになれようがなれまいが頑張るつもりではいましたが、楽しんでやれるに越したことはないですから」

「ああ。うちの教師陣は皆優秀だ。おかげで俺も飽きずにやってこられた」

「先輩は、勉強しなくても、なんでもすいすいこなす印象ですけど」

「買い被りすぎだ」

足場の悪いところで背伸びして果実を捥《も》ごうとしているシリルに近づきながら、そう思われるのはまんざらでもないがと苦笑する。

「あっ……！」

いきなりシリルが体勢を崩す。

石や落ち葉の上は、雨で滑りやすくなっているから気をつけろ、と注意しようとした矢先だった。

片手で持てるくらいの大きさの石に足を乗せた途端体が傾き、足首がガクンと曲がる。

「危ない！」

転倒する前に駆け寄り、胸で受け止める。

顔面を、馬の尻尾のように垂らした髪で叩かれ、思わず「わっ」と声を上げた。

「す、すみません……っ！」

「びっくりしただけだ、問題ない」

「私も、大丈夫です」

すみません、ともう一度口にしながら、シリルは遠慮がちにリュオンの腕の中で身動《みじろ》ぎする。

「あ、ああ、悪い」

つい、がっちりと抱きしめていたことに気がつき、慌てて両腕を離す。

急に腕を離されたシリルはよろけかけたが、すぐに体勢を立て直し、高い位置で一括りした髪に申し訳なさそうに触れる。

「三つ編みに戻しておくべきでした」

「気にするな。それより、右足首、大丈夫か。捻ったんじゃないか」

「……少し」

シリルは足首を動かし、僅かに眉根を寄せたあと「このくらい平気です」と笑いかけてくる。

「ならいいが。無理するなよ」

「はい」

「おまえは先に洞穴に帰れ。俺はあと一つ取りに行きたいものがある。それを取ったらすぐ戻る」

「わかりました」

先ほどからシリルは聞き分けがいい。言うと逆に意固地になりそうなので、黙って見送った。すっかり見慣れた背中が、危なげない足取りで離れていき、丈の高い草の向こうに隠れる。それを確かめてから、目的のものを探しに行った。

＊

「ああ、やっぱりか」

洞穴に帰り着いてすぐ、登山靴を片方脱いで長靴下をずらし、足首の状態を確かめた。少し腫れているのが目視でわかり、溜息が出た。

指で押さえてみると、我慢できないほどではないが、結構痛む。

リュオンの視線を背中に感じる間、虚勢を張って、何事もなかったかのようにスタスタと歩いてみせたが、顔は歪んでいた。

「まいった。明日の朝までに腫れと痛み、引いてくれたらいいけど」

この先、ゲレ岳頂上までには、難所が何ヵ所もある。体の状態が万全でないと登攀できない。険しい岩山のてっぺん近くで野生の翼竜を捕まえるのは、さらに至難の業《わざ》だ。

多少痛みが残ったとしても、耐えて頑張るしかない。翼竜に受け入れられたなら、帰りは麓まで乗せていってもらえる。

洞穴の入口付近で人の気配がした。

リュオンが戻ったようだ。

急いで靴を履き直す。

靴紐を結び終えたのと、リュオンが居室に入ってきたのとが、ほぼ同時だった。

ぱっと腕を引っ込める。

「目当てのものは、見つかりました？」

「ああ」

自分でもとってつけたような聞き方だと思ったが、リュオンは別段不審に感じなかったようで、採集した食材を入れた袋を手にしたまま、熾火だけにしてある焚き火に向かう。薪を足すと火は再び大きくなった。

リュオンはお茶を淹れるとき使った携行用の片手鍋に、さっき外に出たとき沢まで下りて汲んできた水を入れ、ナイフで細かく刻んだ何かの葉を煮始めた。

刻んでいる段階からしていた独特の匂いが、煮るといっそう強くなる。

「なんですか、それ」

「薬草だ」

薬と聞いて、あっ、と捻った足首に視線を落とす。ごまかせたかどうか自信はなかったが、やはり隠せていなかったようだ。無駄になんともないふりをしたことが恥ずかしくなる。

「見せてみろ」

顎をしゃくって促され、おとなしく平らな石に腰を下ろす。

足首は先ほど見たときよりさらに腫れていた。

リュオンは火から下ろしてきた片手鍋を傍に置き、屈み込んで患部に指を伸ばしてきた。

思いのほか冷んやりした指で腫れの具合を確かめられる。

ぐっ、と何度か押され、痛みに呻《うめ》きそうになるのを堪《こら》えた。変な声を聞かれたくない一心だ。子供の頃からの癖だ。兄たちにどんなに苛められても、家庭教師にどれだけ手のひらを叩かれても、強情を張り通していた。それがいまだに抜けない。

「捻挫だな。しばらく安静にしていろ。今日はもうおまえは何もしなくていい。この薬草を塗ってじっとしていれば明後日には腫れが引く。痛みも和らぐはずだ」

「えっ。明日は稜線を踏破して池まで行きます。いくらなんでもここでそんなに時間は使えません」

これ以上の予定変更は気持ちの上で受け入れがたく、わがままを承知で異を唱える。可能なら池の畔《ほとり》の避難小屋には立ち寄らず、一気にゲレ岳山頂手前の野営地点まで行きたいくらいだ。肝心の翼竜探しと捕獲にどれだけ時間がかかるかわからない。一泊ならまだしも、二泊となると焦りが強まる。己の実力を過信してはいないので、期限内に捕獲できなかったらという不安が、苛立ちを連れてくる。

「落ち着け」

リュオンは火傷しない程度に冷ましたドロドロの薬草を、腫れた患部に丁寧に塗りつけながら、冷淡にも聞こえる声で言う。

薬草には、肌に乗せるとすーっとした爽快感が生まれる効能があり、痛みも薄れた気がする。これを塗ってじっとしていれば、確かに腫れは引くだろう。効き目を実感して、これなら明日出立できると気分が上がる。

だが、リュオンは意見を変えず、「だめだ」と首を横に振る。

「捻挫は軽くても二日は冷やして安静にしておく必要がある。炎症が引いたら痛みもだいぶましになるから、今度は収縮した血管を緩めるために逆に温める。完治するまで七日程度かかると思っておけ。無理をして明日から足を酷使したら、悪化して治るのにさらに日にちがかかる。捻挫した足では、ゲレ岳登攀は無理だ。ガルガン山脈最高峰だぞ。そんな生易しい考えで行ける場所だと思っているのか」

一貫して声を荒らげず、淡々とした調子で言われ、事の重大さ、状況の厳しさがかえって迫ってきた。

本来、判定役というのは、不正なく確かに翼竜を単独で捕獲できたかどうかを見届けるために同行するだけで、意見したり忠告したりといった対応は必須ではない。命にかかわる緊急事態が発生した場合のみ安全確保を任されていて、それ以外はただ見ているだけでいいのだ。

その原則からすれば、リュオンがこうして捻挫の手当てをしてくれるのも、自分の秘密基地に案内して雨宿りさせてくれたのも、本来の役目から逸脱した親切で、感謝してもしきれない。

親切を受けるだけ受けておいて、思い通りにならないとなると忠告を無視して独断専行するのは、どう考えても自分勝手だ。挙げ句の果てにシリルが危険な状況になったなら、リュオンは判定役の責務として自らも危険を冒さなくてはならなくなるかもしれない。

思考を巡らすうちに、少しずつ冷静さを取り戻し始めていた。

「……ちょっと、傲慢になっていたかもしれません」

ぼそっと口にする。決まりの悪さに顔を上げていられなくなり、俯いて唇を噛んだ。

「ああ。だが、気持ちはわかる」

リュオンは細長く裂いた布で、薬草をたっぷりと塗った足首をぐるぐる巻きにし、解けないように結んで固定すると、ポンと軽く二の腕を叩き、「よし、いいぞ」と言って立ち上がる。

「あの。ありがとうございます」

「いいから、そのままそこにいろ」

穏やかだが逆らいがたい口調で制され、夕飯の支度を手伝おうと浮かしかけた腰を元に戻す。

「料理、できるんですか」

「簡単なものならな。おまえは？　見た感じできなそうだが」

携行食ですら宿舎の料理人に頼んで用意してもらったくらいなので、全く反論できない。食べられる草やキノコを見極める知識はあっても、調理は他人頼みだ。怪我をして満足に動き回ることもできない体たらくでは、邪魔になるだけだろう。

「味付けは塩だけになるが、それなりに食べられるものを作ってやるから心配するな」

「本当になんでもできるんですね」

「なんでもは言い過ぎだ」

薪を入れた箱の隣にもう一つ木箱が置かれている。リュオンはその箱から缶詰一つと袋入りの乾パン、そして使い勝手のよさそうな大きさの鉄鍋を取ってきた。

鍋に水とキノコを入れ、ぐつぐつと煮立ったところに缶詰の中身を空け、さらに食べやすい大きさに切った草も入れる。最後に塩で味を調えると、お椀によそって持ってきてくれた。

「キノコと雑草と缶詰の豆で作ったスープだ」

「美味しそうです」

温かいだけで携行食よりましだと思ったが、食べてみると、いい塩梅《あんばい》に塩味が利いていて、お世辞ではなく美味しかった。具もしっかり入っている。このスープと、味のないビスケットのような乾パン、殻を剝いた木の実で、十分な夕食になった。

壁と壁に渡したロープにはまだちょっと湿り気の残った登山服が干されたままだ。

「朝までには乾くだろう。夜は気温がぐっと下がるから、寝袋は顎まで閉めて寝ろ」

野営が初めてなら、寝袋で一夜明かすのも初めてだ。

夕飯を食べ終えたときには陽は完全に沈んでいて、蠟燭も貴重なので、すぐ寝支度をすることになった。寝袋に入る前に用を足しに出たら、洞穴の外は怖いほどの暗さで、月明かりがなければ何も見えなかっただろうと思われた。

「慌てずゆっくり足元を確かめながら歩け。怪我の上に怪我をしたら目も当てられないからな」

草むらの中でも、すぐ近くにいてくれてありがたかったが、そのときは周囲の暗さに救われた。通常、他人に見せない部位を見られるのは恥ずかしい。ことに、リュオンのようなどこもかしこも見事な体型の人には、己の貧弱な体を知られたくはなかった。劣等感で立ち直れなくなりそうだ。

洞穴に戻ると、短くなった蠟燭を一本だけ点し、焚き火の火は小さくした。

岩には、あちこちほつれた古い布を広げる。これも木箱の中に入っているリュオンの常備品だ。

「薄い布一枚でも、あるのとないのとでは寝心地が結構変わる」

地面も岩と同じくらい固そうなので、いつもこうして寝るらしい。

寝袋に入る前に、足首に薬草を塗り直してもらった。

リュオンは捻挫したシリルに対してすこぶる面倒見がいい。シリルが勝手にへまをしただけで、リュオンが責任を感じる理由は一つもないはずだが、甲斐甲斐しく世話を焼いてくれていささか困惑ぎみだ。騎士団では身の回りの世話をする従者が付くほど高い地位にいる騎士長が、どういう風の吹き回しなのか。もちろん文句があるわけではない。ただ、いつも通り二言目には皮肉っぽい物言いをするくらいのほうが、らしくて調子が狂わずにすむ気がする。

「痛みはどうだ」

包帯代わりの布を巻き直して手当てを終えたあと、シリルが寝袋に入るのを手伝ってくれながら聞いてくる。

「だいぶ楽になりました」

「もう少しの辛抱だ。時間はまだある。俺の勘だが、おまえは今回翼竜捕獲を果たすだろう」

「先輩は、勘が当たるほうですか」

信じたわけではなかったが、誰しも悪いことを言われたときよりいいことを言われたときのほうが当たってほしいと期待するものだ。

「どうだろうな。さっき、ふっと、おまえと一緒に翼竜に乗って並んで空を飛んでいるイメージが頭を過《よぎ》った。やけに鮮明だったから、そう思っただけだ」

「わぁ。それはすごい。今私も想像しました」

想像の中で翼竜に乗っていた。大きな翼をほとんど動かしもせず、風に乗って悠然と飛ぶ。鞍《くら》もないのに乗り心地は抜群で、ただただ風が気持ちいい。傍を見ればリュオンが自分の翼竜に跨《また》がって、ニヤリと口元だけで笑って見せたかと思うと、すっと先に行く。負けじと追いかける。翼竜も小競り合いを楽しんでいる。まるで本当にそんなことがあったかのように脳裏に浮かんできた。

「願いは、具体的に脳裏に描くと叶いやすいと言う。想像通りのことが起きると強く信じていれば、案外その通りになるものだ。ま、これも俺の勘だがな」

「感覚的に、わかる気がします」

「そうか。……よし、これで万全だ」

リュオンはシリルを、顔だけ出た蛹《さなぎ》のような格好で寝袋に包み込むと、自分もさっさと隣に用意してある寝袋に入った。

隣同士に並んで寝るんだなと、遅ればせながら意識する。

にわかに緊張してきた。

寝相は悪くないはずだが、イビキを掻いたり、寝言を言ったりして、迷惑を掛けるかもしれない。なにより、自分も知らない姿を、高貴な目上の人に見られるのは恥ずかしい。どうか変なことをしませんように、と祈る。

おやすみ、と言われて、とりあえず目を閉じる。

あと一刻もすれば燃え尽きるだろう短い蠟燭が、ジジッと微かな音を立てる。

洞穴の中は静かだ。

静かすぎて落ち着かない。

すぐ隣で寝ているリュオンの寝息もほとんど聞こえず、果たしてもう寝たのか、まだ起きているのかもわからない。

全身を包み込む寝袋は、保温性が高くて暖かいのはいいが、若干窮屈で寝返りを打ちづらい。なかなか寝付けず、寝袋の中で体をモゾモゾさせていると、「おい」と声を掛けられた。

「眠れないのか」

「すみません、気になりますよね」

横並びで洞穴の天井を見上げながら、低く抑えた声で話をする。上に向かって声を発するからか、響き方が違うようだ。今まで経験したことのない感覚を味わう。互いに顔が見えないぶん、普段はできない話もできそうな、この場限りの雰囲気もあるようだった。

「普段ならまだまだ寝る時間じゃないからな。無理して寝ようとしても眠れないだろう。眠気が差すまで喋っていていいぞ」

「先輩も眠れなかったんですか」

「俺は、その気になればいつでも、どこでも眠れる。子供の頃から翼竜騎士になるのが夢だったから、そういう体作りをするよう心がけてきた」

聞けば聞くほど経験値も覚悟も桁違いだと感嘆する。

「まだまだ私は甘いですね」

自分なりに人生を懸けて必死だが、リュオンのような純粋な気持ちからではなく、逃げ場として利用したいがためという自分本位の理由から翼竜を手に入れようとしていることが、罪深く感じられてくる。

「いや、おまえはよくやっている」

慰めだけとは思えない真摯で誠実な声が耳朶を打つ。

周囲の暗さと、二人きりで他には誰もいない、めったに訪れそうもない状況に背中を押される。今まで胸の内に仕舞い込んできたことを話せるのは今しかない気がした。

「先輩は……オメガ性の人と会ったことがありますか」

遠慮がちに切り出す。唐突だなと驚かれるかと思ったが、リュオンはさらっと肯定した。

「ああ。宮廷内にも何人かいるからな。アルファにはもともとオメガを見分ける能力があるが、そんなもの必要ないと思うほどオメガは皆、美しいし年を取らない」

「ひと目でわかりますよね。でも、それは自分がアルファだからだと認識していました。二番目の兄の母がそうなんです。一度、父が母の留守中にその方を屋敷に連れてきたことがあって、オメガ性の方を初めて見ました」

伯爵が入れ込んで宝物のように大切にするのも納得の、臈長《ろうた》けた美貌の女性だった。歳は二十五、六にしか見えず、兄と並んでも姉妹としか思えなくて、本当にこの人が兄を産んだのかと首を傾げたほどだ。

「オメガは少ないから、都のような大きな街を歩いても、どこにでもいるという感じではない。向こうもみだりに出歩かないしな」

リュオンは一度口を閉じ、しばらく間を置いてから、聞こうか聞くまいか迷った末に思い切ったように続けた。

「翼竜捕獲に失敗したときのことを心配しているのか。伯爵との約束で、殿下の許に行くことになったらどうなるのか、怖いのか」

「……ええ」

ここで意地を張っても仕方がないと腹を括り、正直に吐露する。

「自分が根こそぎ作り変えられることになりそうで、恐ろしいです。なぜそんな恥辱を受けないといけないのか、しばらくは毎晩泣いていました。本気であの義理の父を憎んだ瞬間もあります」

「だろうな」

リュオンは慎重に口にする。

「昔と違って、今はオメガ性だからと言って酷い扱いを受けることはないし、むしろ優遇されることのほうが多いというのは知っています。殿下も高潔で徳の高い立派な方だとはわかっていますけど、私はやっぱりアルファのまま生きたいんです。騎士として、能力を活かしたい」

子供を産む道具にはなりたくない、とはさすがに言えないが、殿下の側室になるということは、結局そういうことだ。それは誰も否定しないだろう。

「だったら、何がなんでも、自分の翼竜を手に入れないとな」

闇の中でリュオンの励ましが力強く聞こえる。本気で成功を願ってくれているのが伝わってきて、目頭が熱くなる。

「おまえは歌は歌えるのか」

「楽器はいろいろと習いましたが、歌は口ずさむ程度です。ひょっとして翼竜を惹きつける歌があるのですか」

有益な情報は一つでも多く持っているに越したことはなく、喉から手が出るほど欲しい。寝袋の中にいることも忘れ、身を起こしかけて、そうだったと気がついた。

「落ち着け。歌が得意な騎士が、それで翼竜と心を通じさせたという話を、昔聞いたことがあるだけだ。本当かどうかも知らない」

「……すみません。つい」

羞恥に顔が赤らむ。きっともう、粗忽者《そこつもの》だということはバレているだろう。

「私も音楽は有効かもしれないと考えて、いちおう笛を一本持ってきました。歌よりはまだ笛のほうが翼竜を誘い出せるかもしれません。やってみます」

「いいと思う」

「私の本当の父は吟遊詩人らしいので、少しはそちらの才能を受け継いでいるようです」

ときどき音楽が自然と頭に浮かび、即興で演奏することがある。いちいち譜面に書き起こしはしないので、本当にその場限りの演奏だが、そのたびに自分の中に流れている血を意識する。

「今どこで何をしているか、俺も少し気にかかる」

「……？　なぜですか」

リュオンには関係ない人のはずだが、と訝しむ。

「陛下が皇太子時代に会われた宮廷楽師の話をしただろう。正確には、気になっているのはそっちのほうだが、俺には同じ人物に思えて仕方がない」

「可能性はありそうですね」

だからといって、どこが気になるというのかわからない。

「その宮廷楽師、オメガの男性だったんじゃないかと俺は推察している」

「え、でも……」

それでは辻褄が合わない。

シリルが口籠って言わなかったことを、リュオンも承知していた。

「ああ。そうすると、おまえの父親ではないことになるな、普通に考えれば」

持って回った言い方をされ、すんなり「そうです」と同意しにくかった。別の可能性を示唆されているようで落ち着かない気持ちになる。

「オメガ性は男性でも子供が産める。でも、女性を妊娠させることはできないと思っていました」

「その通りだ」

言い切られて、いっそう混乱する。

「伯爵夫人はアルファの女性なんだろう」

静かに言われて、頭上に爆弾を落とされたかのような衝撃を受けた。

「えっ、そんな、まさか」

動揺して、途切れ途切れに譫言《うわごと》のように口走る。

脳裏には、幼少の頃耳にした話が蘇っており、意味がわからなくてずっと思い出しもしなかったのに、なぜ今、とそれにも驚いていた。

「すっかり忘れていたのですが、以前、乳母が執事とヒソヒソ話をしているのを偶然聞いたことがありました。伯爵が産室に来る前に間に合ってよかった、バレたら浮気どころの騒ぎでは収まらなくなるところだった、と安堵し合っているように聞こえたんです。思い出しました」

「伯爵夫人が、孕ませて、産ませたのかもしれない。不可能ではない」

リュオンは自分でも半信半疑のように呟き、しばらく黙り込む。

「……もしそうだとしたら、私が翼竜騎士になることに何か問題が生じるんでしょうか」

とりあえず今はシリルにとってそれが一番重要な問題だった。

「いや、それはない」

気を取り直した様子で、リュオンがきっぱりと断言する。

「何度も言っている通り、翼竜騎士になるために必要な資格は、とにかく一つだけだ。自分の騎竜を持っていること。それ以外はない。現状、翼竜騎士は全員男性、アルファかベータのいずれかだが、条件を満たせば女性でもオメガでも問題ない。むろん、どんな家柄だろうと無関係だ。とはいえ、実際問題として、近衛騎士団から団長の推薦を受けて候補になる者がほとんどだから、近衛騎士団に入れないとほぼ無理ということにはなる」

それを聞いて心の底から安堵した。

「だったら、出生については、私はどちらでもいいです。……私が私だということは、変わらないわけだから」

「ああ」

リュオンが感情の強く出た声で相槌を打つ。

「おまえはすごいな。男気があって惚れ惚れする。芯の強さが半端ない。……これ以上惹かれたらまずいんだが」

「……は？」

聞き間違いかと思って不躾な反応をしてしまう。

「なんでもない」

リュオンはすぐに否定した。

そして、いきなり「もう寝るぞ」と宣言する。

その気になればどこででも眠れるというのは嘘ではなかった。

直後に寝息を立て出して、それからは何度呼び掛けても起きる気配もない。狸寝入りでもなさそうで、シリル一人、蠟燭も消えた暗闇の中に取り残された心地になる。

宮廷で陛下のお気に入りだった楽師が、辞めてから国中を放浪して回る吟遊詩人として母と出会い、母が父を孕ませた。そうして生まれた子供がシリルで、母はそれを自分が産んだと偽り、伯爵に見せた。伯爵は事実を知らぬまま、激怒しながらも妻の浮気という醜聞《しゅうぶん》を恐れ、シリルを自分の子として認知した……。

複雑すぎて眩暈《めまい》がしそうだ。けれど、状況を整理すると、あり得ないと一刀両断することはできないとわかる。ことごとく異例で、普通なら考えつきもしない話だが。

あれこれ思考を巡らせるうち、ようやく眠気が訪れた。

すうっと水中に引き摺り込まれるように意識が薄れていく。

「おい。起きろ」

肩のあたりを揺さぶられて目覚めたら、朝になっていた。

2

「足はもう痛まないか」

きつい坂を登り終え、次の下りに備えて上がった息を整えていると、背後からまだまだ余裕のある声を掛けられた。

振り返ると、どこで拾ってきたのか、杖になりそうな長さの頑丈な枝を二本手にしたリュオンが近づいてくる。息も乱れておらず、足取りもしっかりしていて、体力の違いを見せつけられるようだ。

「ええ。先輩の言うことを聞いて、腫れが引くまで洞穴にいましたから」

完治はしていないが、痛みはほぼ取れ、歩くのに支障はなくなっている。

「だが、油断は禁物だ。ここからの下りは目視した感覚より急で、上り以上に足に負荷が掛かる。そしてまた上りだ。上ったり下ったりが続くのは気持ち的にも辛い。三歩進んで二歩下がるようなものだからな。ほら。この杖をお守り代わりに持っておけ。おまえの身長に合わせて切ってある」

「ありがとう、ございます」

短いほうの枝を受け取り、礼を言う。

「下って上った道をずっと行くと、例の難所だ」

そう聞いて、気を取り直した。難所を越えても池まではまだ相当距離がある。

洞穴で二日費やしたので、今日はどうあっても池に辿り着き、今夜は緊急避難小屋に泊まる。

「行きます」

気持ちを奮い立たせて歩き出した。

リュオンもすぐ後ろをついてくる。

「晴れてよかったな」

はい、と頷き、目の前に広がる水色の空を見る。視界を遮るのは稜線だけだ。暑すぎず寒すぎず、風も優しい。絶好の登山日和《びより》だ。水も携行食も運ぶのに苦にならない程度にしっかり持ってきた。携行食に至っては、洞穴にいる間にリュオンが作り足してくれた。この人、本当に王弟陛下の息子なのか、と感心するやら呆れるやらだ。すごい人だとは知っていたが、ここまでとは思っておらず、リュオンが判定役を買って出てくれた幸運を、あらためて噛み締めている。

難所の手前でいったん立ち止まり、ルートを再確認する。以前落石のあった場所や、極端に道幅が狭くなっている場所、通れないのでカーブを吊り橋で繋いだ場所を頭に叩き込む。

「落ち着いて慎重に足場を確保して進むんだ。技術的には問題ない。自分を信じろ」

励まされ、一緒についてきてくれる頼もしさに、めちゃくちゃ鼓舞された。

急がなくていい、急ぐ必要はない、まだ余裕だ。

呪文のように繰り返し唱えつつ、片側が切り立った崖になった道を歩く。

上から落ちてきた岩が砕けて足場が悪くなった場所を行くときは、また落石がありはしないかと気が気でなかった。何度か、パラパラと小さな石のカケラが降ってきて、そのたびに緊張した。

無事にそこを過ぎても、次は岩壁に手を突いて横歩きしなければ通れない場所が待っている。

その場所に来てみて、ゾッとした。すでに、自分の足で天候が急変する前にここに着けたかどうか危ぶんでいる。少しでも風が強まっているときにここを歩くなど、今なら絶対に考えない。無理を押して来ていたら、寝る場所はおろか、雨宿りできるところも近くになくて、どうすることもできなかっただろう。

天候に不安のない状態でも、岩が剥き出しになった山肌にへばりつくようにして歩を進めるのは身が竦んだ。足元を確かめるために下を向くのも恐怖で、一歩でも踏み外したら滑落して死ぬんだなという考えが頭を離れなかった。

永遠に続くのかと気力が保てなくなりかけた頃、やっと道幅が少し広くなったところに出られ、そのまま膝から崩れそうだった。実際、膝が震えていて、「大丈夫か」とリュオンに支えてもらわなければ、しばらく立てなかったかもしれない。

「安心するのはまだ早い。高所恐怖症の者は翼竜騎士に不適合だが、それを試されるような難所がまだ残っている」

「吊り橋、ですね」

「渡るのは一人ずつだ。二人同時に渡ると落ちる可能性がある。……普通はそうだが、おまえと俺ならギリギリ行けるかもしれないな」

シリルの体重を推し量るかのごとく全身を見て、どうする、と聞いてくる。

「もちろん一人ずつで」

迷わず答えた。他人の動きで予期せぬ揺れ方をする吊り橋など、よけい恐ろしいに決まっている。落ちるときは二人でも一人でも落ちるのだし、二人だからといって、相手に助けてもらえるとは思えない。リュオンが自分の騎竜を呼びでもしてくれたら、助かるかもしれないが。

そういえば、シリルはまだリュオンの騎竜をよく見たことがない。昨年、王室主催の祝祭が行われた際に翼竜騎士団が各自竜に乗って上空から地上のパレードを護衛する一幕があった。ものすごい歓声が上空に向かって上がり、最高潮の盛り上がりを見せた記憶に残る場面だったが、高度が高すぎて全員翼竜に乗っていることしかわからなかった。

翼竜は、乗るときだけ呼び、降りたらどこかへ飛んでいってしまう完全に野生の存在だ。群れず、それぞれが自ら認めた人間の言うことだけ聞くが、呼ばれないときはどこで何をしているのか、騎手すらも知り得ない。自ら進んで人前に姿を見せることはない謎多き孤高の生きものだ。

どんな翼竜を従えているのだろう。知りたい。だが、聞いても答えてくれなそうな気がする。自分の目で確かめたらいい、と唇の端を上げてちょっと意地悪く笑う様が想像された。

比較的歩きやすい道が半刻ほど続き、いよいよ吊り橋に来た。

吊り橋そのものは、最短で向こうの山まで渡れる箇所に架けられているため、それほど長くない。ただ、標高が高いので、谷を覗くと眩暈を起こしそうだ。下を見たが最後、きっと一歩も進めなくなるだろう。高所恐怖症というわけではないが、これが怖くないのは特殊な仕事に就いている人間だけではないかと思う。

「ここは俺が先に渡ろう。万一、吊り橋に危険があったら大事だ」

「古くなって足場の板が腐って踏み抜く危険があるとか、太縄が切れかけたところがあるとか？」

「ないとも限らない」

リュオンは至極真面目な顔で言う。

何か具体的に警戒しているようでもあり、うっすら不穏な予感がした。

誰かが邪魔しようとしているなどという可能性があるだろうか。

最初に頭に浮かんだのは、誰よりシリルの失敗を願っているであろう伯爵の顔だ。けれど、伯爵は今すぐシリルに死んでほしいとは思っていないはずなので、一歩間違えたら死ぬかもしれないような細工をするとは考えにくい。

たぶん、リュオンの取り越し苦労だろう。

「向こうに渡り終えたら合図する」

「わかりました。気をつけて」

吊り橋はリュオンが足を掛けただけでゆらっと揺れた。

自分は安定した場所にまだいるにもかかわらず、ぎゅっと心臓が縮む。

鍛えられた体幹をしているリュオンは、橋がどれだけ揺れようと平然としており、普通の道を行くのと変わらない足運びでゆっくり渡っていく。点検を兼ねているためで、本来はここまで時間をかけずに渡れるはずだ。

もういいから、さっさと向こう側に行ってくれ、と気が気でない心地で見守った。こっちの心臓が破れそうだ。

ようやくリュオンが橋を渡り終えた。

こちらに向かって、問題ない、と大きく手を振る。

「ゆっくり、気をつけて渡ってこい」

今度はシリルの番だった。

リュオンが隅々まで安全を確かめてくれたのだから、吊り橋自体に問題はない。大丈夫だ。そう自分に言い聞かせる。リュオンへの信頼は厚く、よほどのことがない限り揺るがないまでになっていた。

一歩踏み出すたびにゆらっとするのでバランスを取るのが大変だ。怖いのは足場の板と板の間に足の大きさの三分の一ほどの隙間があることで、ここに靴が挟まったらどうなるのか、想像するだけで足が震える。おまけに谷底が覗けて、息が止まるくらい緊張する。

いっそ目を瞑って歩きたいくらいだったが、そうもいかず、肩の高さくらいに張られた縄の手すりに摑まりながら、足板を一枚ずつ数えるようにして足を運んだ。

向こう側ではリュオンが待ち構えてくれている。

視線を上げて姿を見るたびに心強さを感じた。

あと三歩。二歩。そしてこれが最後の一歩――。

「よくやった、シリル！」

登山道に足を置いたのが先か、リュオンに引き寄せられて抱擁されたのが先か、わからなかった。

三つ編みにした頭を抱え込むように片腕を回され、安堵がドッと押し寄せる。

感極まって、目の前の逞しい胸板に思わず縋《すが》りたくなり、顔を押し付けた。

洞穴で近しい距離にいる間に慣れ親しんだリュオンの匂いがする。リュオンもシリル同様、一日一回絞ったタオルで全身を拭くだけだが、もともと体臭が薄いらしく、健康的な汗の匂いくらいしかしない。それも好ましかった。

「ここまで来たら、ラギャルデル池まではひたすら登山道を歩くだけだ」

シリルの肩をやんわり押し戻してリュオンが言う。

難所を越えた喜びが大きすぎて、我を忘れてリュオンの胸板に顔を埋めてしまった己の大胆さに顔から火が出そうになる。心なしか、リュオンの顔もうっすら赤らんでいるようだ。

「半刻ほど行った先に展望のいい休憩地がある。そこで昼にしよう」

「言われて、空腹を思い出しました」

ここからの道は、大人二人が肩を並べて歩いても余裕があるほど広かった。

リュオンが歩調を合わせてくれたので、初めて横並びになった。

何を話しても、もしくは何も話さなくてもいい雰囲気で、信頼関係が構築されているのを感じる。一緒にいても必要以上に気を遣わず、相手の意思を尊重して接する。そんな距離感が双方にあって、二人でいるのが楽だった。

杖を使いながら、草と石ころだらけの平坦な道を歩く。

話しながら歩くのにちょうどいい道程だと思っていると、リュオンが口火を切った。

「昨晩はよく眠れたようだな」

「はい。一昨日は寝袋に慣れなくてなかなか寝付けず、弱りましたけど。たぶん、それもあって昨晩は眠気が勝ったんだと思います」

「俺が吟遊詩人に関するよけいな憶測を聞かせたせいもあったんじゃないか。考えなしで悪かった。ずっと謝りたいと思っていた」

「いえ。そんな。いろいろと考えさせられはしましたが、もともと母の浮気相手とは一面識もなく、私とはなんの関わりもない方なので、実質そこまで衝撃は受けていません。母は豪傑な人だから、そんなことがあっても意外ではないし。私がアルファだというのもありますし、オメガの父から生まれた可能性を否定はしません」

　オメガの男性を妊娠させられるのはアルファだけで、生まれてくるのは必ずアルファだというのは既に知られていることだ。遺伝子の組み合わせと優劣の関係でそうなるらしい。

「アルファとオメガを決定する遺伝子は、男女を決定する遺伝子と似た関係性を持っていて、アルファの遺伝子の中の一本を変えた状態がオメガだと最近わかったそうだ」

「もしかして、オメガ化、俗に言うビッチングって、それを後天的に行っているわけですか。あの行為をすることでホルモンのバランスを崩す的な？」

「まだ未知の部分も多く、科学的なことは解明されていないようだが、素人《しろうと》感覚で理解するとしたらそうなるらしい」

「オメガとアルファが裏と表みたいな関係性にあるというのは、なんというか、斬新です」

　今までそんな捉え方をしたことはなかった。

「今はオメガも手厚く保護される時代だ。そうした流れに乗ろうとせず、アルファかベータでなければなれない職業もまだまだあって、近衛騎士団なんかもそういう旧態依然とした組織だが、いずれそうした条件付けは撤廃させたいと俺は考えている」

真っ直ぐ前を見つめ、真剣な口ぶりで将来やりたいことを語るリュオンの横顔は、見惚れるほど凛然としている。

「そのうち、オメガの翼竜騎士が現れるかもしれないし、近衛騎士団でも同様の規定が採用される日がきっと来る。他人任せにしないで、それを俺がやる」

リュオンは清々しいほどきっぱりと言い切る。

悔しいくらいかっこいい。自分にも何かできることはないかと、張り合うように考える。

「アルファやベータより比較的長命で、一定の年齢で老化が止まるオメガは、俺からしたら人が進化した形態に思えるんだ。ある意味、羨ましいと感じている。だからと言って、俺のように大きくて厳《いか》つい男をどうこうしたがるアルファがいるとは思えないから、俺はアルファとして自分の役割をまっとうするつもりだ。適材適所というやつだな」

そう言われると、なるほど、オメガは生物として進化した種ということになるのかもしれないと思えてくる。そんなところに着目したことがなかったので、目から鱗《うろこ》が落ちた気分だった。

だからといって短絡的に、それならオメガも悪くない、なってもいいかもしれない、という気持ちにはならないが、少しだけ違う見方をするようになったのは事実だ。

不思議な感覚に浸される話を聞きながら歩くこと半刻、登山道を外れたなだらかな丘の先に見晴らしのいい展望地があった。

草の上に腰を下ろし、携行食と水で空腹を満たす。

吹き渡る風が気持ちいい。

念のため捻挫した足首の状態を見たが、指で押さえると鈍い痛みを感じる程度で、ほとんど治っているようだった。

「あの薬草の効能でしょうか。ありがとうございます」

「すうすうして冷たかっただろう」

「はい。湿布がなくてもあの薬草で代用できるんですね。私も覚えました」

「おまえ自身の治癒力のほうに俺は驚いている」

「体は丈夫なんです。小さい頃から。傷の治りも早いし」

「なら、ぼちぼち出発するか」

リュオンに続いて立ち上がり、荷物を背負う。

登山道に戻り、分岐を間違わないように進んで、ゲレ岳の七合目付近にあるラギャルデル池に到着した。ほぼ予定していた時間通りだ。

畔に建つ緊急避難小屋の扉を開け、板張りになったがらんとした屋内で荷物を下ろした。

「ここは本当に雨風を凌げるだけの小屋なんですね」

リュオンの秘密基地のほうが、ここよりは便利な品がいろいろあった。

気になったのは、小屋に入ったとき感じた匂いだ。

微かだが、伯爵が吸っているのと似た煙草の匂いを嗅ぎ取った。

屋内を見る限り、最近誰かがここを利用した形跡はないようだが、自分の鼻を信じるなら、昨日か、遅くとも一昨日、ここで煙草を吸った者がいるはずだ。

リュオンに知らせるべきかと首を回したところ、リュオンもまた何事か考えている様子で、表情を硬くしていた。リュオンはリュオンで、気になること、気づいたことがあるようだ。

「先輩」

声を掛けると、リュオンはハッと我に返ったように眉間の皺を消す。

「ちょっと外を見てくる」

シリルもついて行く。

リュオンは小屋の周りを調べるように歩く。何か探している感じだった。

小屋の裏手は森になっている。

入ってすぐ右手の木々の間に、ぽっかり空いた場所がある。リュオンはそちらに足を向けた。

地面に焚き火の跡がある。やはりまだ新しいものだ。

「他にもゲレ岳に来ている人がいるようですね」

「レイモン・ブラン曹長だ」

リュオンは知っていたらしい。

「翼竜騎士団の方ですか」

「そうだ。先月騎竜に大怪我をさせて、現在、自分の翼竜を持っていない状況になっている。今月中に新しい騎竜を手に入れられなければ、予備隊に降格になる」

「えっ。では、ブラン曹長も今、翼竜を捕獲しに来ているんですか」

「偶然と言っていいかどうか微妙なところだが、四の五の言っても仕方がない。よけいなことは考えず、当初の計画通り自分のやり方で全力を尽くせ。曹長の存在はいったん忘れろ」

今さらやり直しは利かない。誰と競合することになろうと、やるべきことをやって翼竜を確保する以外の選択肢はないのだが、それにしてもこの事態は想定外だった。

こちらは入団審査を受けている身分なので、事前に詳細な計画書を提出し、団長の承認を受けた上でゲレ岳に登っている。それに対して、すでに翼竜騎士である曹長は判定役を伴う必要もなければ、計画書を提出する必要もない。つまり、こちらは曹長がいつ二度目の翼竜捕獲に挑むか知りようがないが、曹長のほうは少し調べればわかったはずなのだ。

単独で行動する習性の翼竜を、二人が同時に狙えば、お互い捕獲の確率が下がる。普通は被るのを避けるだろう。現に、もう一人の候補、デヴィットは、自分の日程をずらしている。それを逆にわざわざ同じときにぶつけてくるとは、嫌がらせかと疑いたくなるというものだ。そんなことをしても、曹長にとって何の得にもならないだろうし、かえって自分もやりにくくなるだけだろうと思うのだが。何を考えてのことか、何が目的なのか、想像もつかない。

ライバルがいることを忘れろと言われても、全く考えないようにするのは無理だ。

「てっきり、父の差し金で私の邪魔をするよう頼まれた人が、密入山したのかと思ったのですが。本当に曹長なのでしょうか」

すんなりとは信じられない気持ちもあって、食い下がらずにはいられない。

「それも残念ながらないとは言い切れないが、これは間違いなく曹長だ。避難小屋にも入った形跡があった。いつも吸っている煙草の匂いが残っていた。それから、おまえにはあえて言わなかったが、一昨日、最初に休憩した地点で、後から登ってきた曹長と会った。てっきり同じルートで、おまえを追い越して先に行くつもりだろうと思ったんだが、どうやら途中で違う道を行ったようだな」

「煙草の匂いには私も気がつきました」

なんにせよ、相手が先んじていることは間違いない。

ただでさえ低い確率が、ますます下がる。皆で寄ってたかってシリルを打ちのめそう、絶望させてやろうとしている気がして滅入る。周囲には敵しかいないのかと悲しい気持ちになった。独りぼっちには慣れているが、敵だらけの中でずっと虚勢を張り続けるのはさすがに限界がある。

「落ち込むのは失敗が確定してからでも遅くないぞ」

いきなりバシッと背中を叩かれた。

力が強く働いてよろけそうになる。

「ちょっと、なにするんですか……っ」

また足を捻ったらどうしてくれる、と眦《まなじり》を吊り上げてリュオンを睨む。

「おまえがらしくなくしょぼくれているからだ」

リュオンは悪びれずにしれっと返してきた。情に溢れた、強く優しい眼差しが、がんばれ、大丈夫だ、と励ましてくれている。胸にきた。

「向こうは一人だが、おまえにはこの俺がついている。自分で言うのはなんだが、俺は騎士長だ。一騎当千とまでは言わないがこの肩書きは伊達じゃない」

「わかっています」

堂々と偉そうにするので、生来の負けず嫌いが頭を擡《もた》げ、わざとそっけなく返したが、心の中では言葉以上の頼もしさを感じていて、今にも頬が緩みそうだった。

「曹長が先に翼竜を捕獲したとしても、私の可能性がなくなるわけじゃない。ですよね」

自分自身にも言い聞かせるために、言葉にして確かめる。

「その意気だ」

リュオンのニヤリとした顔は好きかもしれない。小気味よさげで、不可能を可能にしそうな底知れなさがあり、ゾクゾクする。

「いっそ今日にでも翼竜を手に入れて、さっさと山を下りてもらったほうがやりやすいです」

つい調子に乗って畳み掛けると、リュオンは「ああ」と返事をしながら、表情を引き締めた。

「先に行ってくれていたらいいんだがな」

含みを持たせた言い方に、抑えつけていた不穏な予感が胸底で再び騒ぎ出す。

端整な横顔には神経を張り詰めさせたような厳しさが見て取れる。

シリルも下腹に力を入れて気を引き締め直した。

＊

あいつは絶対に何か企んでいる。

一昨日顔を合わせて以来、一度も姿を見なかったレイモンが、先に避難小屋に着き、おそらく今朝すれ違いで出て行ったであろうことは、焚き火をした痕跡の状態と煙草の残り香の匂い方から察せられた。天候が崩れる前に難所を越えたのなら、今朝までここにいたのは不自然だ。何か企んでいるとしか思えない。

まるで、俺たちが来るのを待っていたかのようだ。

通常は被らせないのがセオリーの捕獲のタイミングを、わざと合わせようとしている。当然なんらかの意図があり、そうすることで勝算があると踏んだのだろう。

レイモンは最初の翼竜捕獲に際しても、不正行為をしたのではないかという噂がちらっと立った。すぐに揉み消されたようだが、いちおう本人に真偽確認の聴取が行われている。むろん、レイモンは真っ向から否定した。判定役を務めた上官も、違反はなかったと証言したので、問題なしと判断され無事翼竜騎士団の一員になった。

個人的には、レイモン・ブランは信用ならない人間だという印象を持っている。

翼竜に対する敬意のなさを見聞きするたび、こいつは翼竜騎士の器じゃないと感じる。己の未熟さを棚に上げて失敗を翼竜のせいにし、乱暴な振る舞いをするなど日常茶飯事で、胸糞が悪い。そんな扱いをしていたら今に翼竜を傷つけてしまうと心配していたら、案の定だった。

最初の翼竜も自力で捕獲したのか怪しい中、二度目の捕獲を真っ当な手段でやり遂げるとは、悪いが信じられない。

ほっそりとした見た目のシリルなら、頂上でどうにでもできると侮り、捕獲のタイミングでよからぬことを仕掛けてくる可能性は大いにありそうだ。

リュオン自身レイモンに煙たがられているようなので、あわよくばシリルの失敗の責任を被せ、糾弾して失脚させるつもりかもしれない。一石二鳥とほくそ笑む顔が目に浮かぶ。

「そう簡単には、思い通りにさせないけどな」

森の中で薪になりそうな枝を集めながら、少し離れた場所で、地面に落ちた木の実を拾っているシリルを見やる。

背中の中ほどまで伸びた髪を、昼の間はずっと一本の三つ編みにしていて、今もその髪型だ。一度誤ってリュオンの顔面を馬の尻尾の髪型で叩いて以来、あれはやめたらしい。べつに気にしなくていいと言ったのだが、こういうところは律儀だ。

すんなりした腕を伸ばし、白い手で黄色い野花を触る。摘み取らずに、そっと小さな花弁を撫でるしぐさはたおやかだ。細い指を摑み取り、手の甲に唇を落としたい衝動に駆られる。

実を言うと、夜、隣に横たわって寝るのは、結構辛い。

寝袋にがっちりと包み込まれていて、身動きするのも一苦労なのでまだ助かっているが、理性を極限まで試されているようなものだ。

入団してきて以来、シリルのことはずっと見てきた。

さりげなく話し掛けようとして、ぎこちなくなり、不器用なので無神経な言葉を吐いて取り繕い、かえって怒らせてしまうといった有様で、なんだこいつ、と思われていたようだが、いまだに諦めきれずにいる。

我ながら愚かしい。

本人の望みは翼竜騎士で、それが叶わなかったら、皇太子殿下の許に行くと決まっている相手に恋をするとは、大馬鹿だ。

殿下は大事な従兄で幼馴染み、人間としても素晴らしく、愛情深く、謙虚で、他人を尊重する立派な方だと誰よりよく知っている。殿下に嫁げばきっと幸せになれると断言していい。なにより殿下ご自身が好意を寄せられているし、そんな方に愛されたらシリルも好きにならずにはいられないだろう。無事オメガ化して、可愛い子供を授かる姿が想像できる。

お相手がほかならぬ殿下であれば、諦めもつく。いや、つける。

一方、シリルが翼竜騎士になったなら、今度はアルファ同士、同じ翼竜騎士団に属する先輩後輩として傍にいることができる。好きな人と四六時中一緒にいられることが、果たして天国なのか地獄なのかはわからないが、一生ものの友情を築くことができるなら、それはそれで、少しは気持ちが報われるかもしれない。

どちらになってもいいようにすでに覚悟はできている。

「先輩。ちょっといいですか」

シリルに手を挙げて呼ばれ、大股で歩み寄る。

「このキノコ、毒ありますか」

大木の根元を苔が覆い、そこから珍妙な形の傘を開いたキノコが二本生えている。

「これは焼くと最高に美味いやつだ」

「本当ですか。やった！」

こんなときは少年のような無邪気さではしゃぐ。

可愛いと思う気持ちを止められず、ぽんぽんと帽子を被った頭を軽く叩く。

「はっ？　なんですか……！」

子供扱いされたと感じたのか、すぐ怒りだす。

「べつに。俺は先に戻ってる。おまえも適当なところで切り上げろ」

「待ってください」

スタスタと先に行くと、シリルも慌てた様子で立ち上がり、ついてくる。

なんのかんのと言いながら、この三日間でずいぶん距離が近くなった。最初は明らかに身構えられていて、強がったり、よそよそしかったりしがちだった態度が、共に過ごす時間が長くなるにつれ和らいできた。特に、普段は決して口にしないであろう話を闇に紛れて吐露し、突っ込んだ事情を聞かせてもらったことで、連帯感のようなものが生まれて二人の間の溝が埋まった感がある。

「今夜はそのキノコがごちそうだな」

「そんなに美味しいんですか、これ。だったらもっと私に感謝してください、先輩」

「メインは俺が仕掛けた罠にかかったやつの肉だ。おまえこそ感謝しろ」

「えっ、あれ、うまくいったんですか。さすがですね」

「今夜がまともに食事ができる最後の夜だからな」

砕けた会話を交わしつつ、小屋に戻った。

明日の早朝ここを発ち、ゲレ岳の九合目まで行く。これまでと違って岩登りをしなくてはいけない箇所が多く、一歩間違えれば滑落の危険と隣り合わせだ。ルートに従って進めば、鎖や梯子《はしご》、縄を結びつけたり足掛かりにする鉄釘などが設置されている。体力と熟練度次第だが、初登攀の場合は四から五刻みておく必要があるだろう。

「昼過ぎに九合目に着いたとして、いったん岩陰に荷物を置き、翼竜の棲家を探して騎竜にできそうなやつがいるかどうか探索する。ここから先は、縁だ。運がよければすぐ見つかるが、悪ければ何日か粘ることになる。過去には五日間探し回っても出会えず、時間切れで泣く泣く下山した騎士もいるという話だ」

「選ぶのは翼竜のほうだ、とは聞いています」

シリルは神妙な顔をする。

「自分にできることをやり尽くしたら、あとは天に祈れ」

他に言ってやれる言葉はなく、できるのは結果を見届けることだけだった。

*

翼竜捕獲に備えて登攀訓練はしてきたが、標高四千級の山に挑むのは初めてだ。

ラギャルデル池辺りからすでに空気の薄さは感じていたが、八合目になると、呼吸がしづらくなるだけでなく、頭痛もしてきた。

幸い、痛めた足首はほぼ治っており、踏ん張りが必要な箇所でも持ち堪《こた》えてくれている。

ぐらぐらする梯子に、今これが自重で外れたら谷底に向かって真っ逆様に落ちる、という恐怖と闘い、ほぼ垂直な岩壁を鎖を摑んで登る。

一つ難所を越えては休んで息を整え、次に向かう。

そうやって徐々に体を高所に慣らし、体力を温存しながら、五刻半近くかけて九合目に着いた。

目印の大きな岩が見えたときには、ついにここまで辿り着けたという喜びと安堵で、もうこれ以上は歩けないのではないかと思いながら引きずり上げてきた体に力が蘇った心地がした。

「思ったより順調だったな」

岩陰に入るなり地面にへたり込んだシリルに、まだまだ余力を残して涼やかな顔をしたリュオンが感心したように言う。

「……でも、予定より時間がかかりました」

疲労困憊という言葉がまさに現状を表しており、これ以上はどう足掻いても無理だったと認めていながら、一抹の悔しさがあった。

「なに。これくらいの誤差は初めから計算のうちだ。ぶっちゃけ、俺はもっとかかるだろうと思っていた。おまえの忍耐強さと、負けず嫌いは本物だな」

「もう、今すぐには一歩も動けません」

頭は痛いし、息は苦しい。手袋を外すと指は固まったようにこわばっており、手のひらは真っ赤だ。

脚も腕も腰もどこもかしこも痛くて、膝は笑っている。

「しばらく休んで活動できるくらいにまで回復したら、探索に行くぞ」

ここからが正念場だ。いつまでもへばってはいられない。

疲れすぎていて咀嚼するのも億劫だったが、食べないと力が出ないと自分に言い聞かせ、どうにか一食分を補給する。携行食は三日分持ってきている。その間に翼竜を見つけ、捕獲し、背中に乗せてもらう。できなければ自力で下山しなければいけない。そうなったときの辛さは、登りのときの比ではないだろう。

「荷物は最小限にして、チャンスがあればいつでも翼竜に飛び乗れるようにしておけ。捕獲用のロープは万全だろうな？　わかっているとは思うが、翼竜を傷つけての捕獲は厳禁だぞ」

「ええ。もちろんです」

何十回となく頭の中で、投げ縄を翼竜の首に掛け、引き寄せる基本動作を繰り返してきた。翼竜の平均的な大きさも具体的にイメージできている。自分の体格なら小さめの個体でも問題ない。大きいと捕獲自体難しいが、騎竜にしてからの扱いも大変だと聞く。

携行する荷物は小型のナップサックと登山服のポケットに分けて持つ。寝袋などの嵩張る荷物を下ろすと、何も持っていないに等しいほど身軽な気分だった。

笛は、すぐ抜き取れるようにナップサックに差しておく。

「横笛か。一度くらい吹いてもらえばよかったな」

「いや、お聴かせするほどの腕前ではありませんから」

「即興で吹けるんだろう」

「まぁ、なんとなく。翼竜の興味を少しでも引けたらいいんですが」

とは言え、そう簡単にいくとは期待しておらず、笛はお守り程度のつもりだ。持っていると験《げん》がいい気がする。

九合目から頂上にかけては岩だらけで、低い位置にできた雲が掛かっており、視界が悪い。この高さまで上がってくる動物は鳥類も含めほぼいない。

岩陰から出て、さらに上を目指す。

翼竜は、周囲に何もないガルガン山脈最高峰のゲレ岳に、冬の終わりから春にかけて寄りつく。この時期にどこかで卵を産み落としているのではないかという説が有力だが、卵や子どものいる巣穴は見つかったことがなく、生態の多くは謎に包まれている。

「呼べば来るというのは、騎竜にすると常に近くにいてくれるからなんですか」

「さぁな。空から来て、人間を降ろしたあとは一瞬で視界から消えるので、普段はどこでどうしているのか謎だ」

「ブラン曹長の騎竜が怪我をして飛べなくなったというのは、どういうことなんですか」

気になっていたので、それも聞いてみた。

「無茶をして低空飛行させ、コントロールしきれずに森に突っ込んだんだ。曹長は途中で落下傘脱出し無事だった。だが、それ以来、呼んでも二度と応えなくなった。我々で森を探索したが、木々が薙《な》ぎ倒された生々しい痕跡は確認できたが、翼竜は発見されなかった。生きているのか死んでしまったのかも不明だ」

「……ひどい」

心を通じ合わせた大切な存在であるはずの騎竜を、そんなふうに粗雑に扱う騎士がいるとは信じられない。憤りを感じる。二頭目の騎竜にも同じことをするのではないかと思うと、許せない気持ちになる。そもそも翼竜騎士としての資質がないのでは、と疑ってしまう。

「翼竜は純粋な心を持っている。一度受け入れたものには忠実で、我が身を顧みず尽くすんだ。計算高い人間がうまく騙して騎竜にしたとしても、契約破棄のようなまねはできない性質なんだろう」

「ブラン曹長はもう二頭目を手に入れたのでしょうか」

「わからないが、もしかするとまだここまで来ていないのではないかという気もする。避難小屋から先の道程に、何一つ痕跡がなかった」

「予期しないことが起きて、諦めて下山したとか……でしょうか」

「そういうこともなくはないだろうが」

どうやらリュオンはそうは思っていないようだ。歯切れの悪さから察せられた。

九合目から頂上までは普通に歩いても一刻かかる。

途中、翼竜がいそうな場所はないか、大岩を見つけるたびに近くまで行って確かめながら登ったので、倍かかった。

最後の急な登りを上り切ると、山の肩に出た。

その先にゴツゴツとした黒っぽい岩を鋭い三角錐に固めたような穂先が聳えている。

「あれが、ゲレ岳の頂上ですか」

「翼竜の子どもが、手頃な大きさの岩を積み上げて遊んだような穂先だろう」

人一人やっと立てるくらいの場所があると言われ、よじ登った。

梯子と鎖場しかない道のりを、慎重に登っていく。

頂上には木製の棒が一本立っていた。

足場は岩だらけで、ちょっとでもバランスを崩せば滑落しそうな、不安定極まりない場所だ。

柱に摑まり、ぐるっと全方位を見渡す。

見えるのはガルガン山脈の山並みと雲、そして空だけだ。

思わず「うわ」と声が出た。

山の肩を見下ろすと、リュオンが立ってこちらを振り仰いでいる。

手を振ると、振り返して応えてくれた。

遠目に見ても堂々とした佇まいをしているのがわかる。しゅっとした立ち姿も美しい。見飽きなくて、心持ち長く見つめてしまった。

リュオンが口に手を当てて、「何か見えたか」と叫ぶ。

そうだった、と我に返って恥入り、今度は岩陰や谷間を重点的に見る。

やはり翼竜らしきものは見つけられない。

一瞬、遠くの岩陰で動くものを察知したと思ったが、あらためて凝視しても何も見えず、どうやら目の錯覚だったようだ。どのみち翼竜のような大きなものでないことは確かだったので、すぐ気を取り直した。

風がふわっと全身を撫でていく。

いつの間にか空気の薄さにも慣れていた。同時に頭痛も治ったようだ。

「下りてこい」

リュオンが腕を大きく振って促す。

下りていくと、リュオンは顰《しか》めっ面をしていた。

「風が出てきたのに、いつまでも下りてこないから、うっかり棒から手を離した途端、足を滑らせるんじゃないかとハラハラした。おまえを見ていると俺の寿命が縮みそうだ」

「すみません」

そこまで心配されていたとは思いもせず、戸惑いながらいちおう謝る。

「そんなに危なっかしかったですか」

信用されてない感がちょっと不本意だった。

リュオンは肩を竦めただけで、体を反転させて背中を向ける。

「翼竜は見つけられませんでしたが、思いついたことがあります」

穂先から下りているときに、ふと浮かんだ考えだった。

「穂先で笛を吹いてみたらどうかなと。風が音色を遠くまで運んでくれそうだし、見晴らしがきくので、ちらりとでも姿を現してくれたら居場所がわかります」

「いい考えだと思うが、今日はもうだめだ。あと半刻ほどで日が暮れる。翼竜は夜は活動しない。明日出直しだ」

「そう、ですね」

後ろ髪を引かれる思いもあるが、日が沈んで星明かりだけになったら、翼竜がどこかで姿を見せても気付けない可能性が高い。それでは無意味だ。素直にリュオンの言葉に従うことにする。

九合目の大岩まで引き返し、明日に備えて早めに寝袋に入った。

＊

しなやかな手足を使い、まるで重力の影響を受けていないかのような軽やかさで穂先を登っていくシリルを、山の肩から眩しく見上げる。

背中で揺れる三つ編みが、逸《はや》る気持ちを感じさせる。

みるみるうちに頂上に着き、棒に頼ることなく足場を確保する。体幹がしっかりしていて危なげない。すらりと立った姿に感嘆した。

東から顔を出したばかりの太陽が、淡い茶色の髪を輝かせ、急すぎる勾配を一気に登ったせいか紅潮した頬と相俟《あいま》って、天使が降臨したような気さえする。自然と目を細めていた。

息を整えたらしいシリルは、おもむろにリュックに挿《さ》していた横笛を手にすると、唇に当て、いきなり吹きだした。

遠くまでぐるっと空を見渡しても、翼竜の羽ばたき一つ聞こえてこない。

それでも、きっと届く範囲にいるはずだと信じているかのごとく、笛の音を響かせる。

知らない曲のはずなのに、どこか懐かしさを掻き立てられる優しい音色、気持ちが明るくなる曲調だった。

演奏そのものは素人らしいぎこちなさがあって、ものすごく上手というわけではないのに、なぜか耳を傾けてしまう。曲に込められた想いが胸に沁み、情感を揺さぶられる。

このままずっと聴いていたいと思わせるものがある不思議な演奏に、意識を没入させて心地よくなっていたが、ふいに音が止んだ。

はっとして穂先のてっぺんを見上げる。

そのときにはシリルはすでに後ろ向きになって鎖を摑み、下り始めていた。

「どうした。何かあったのか」

駆け寄って確かめる。

シリルは地上付近まで下りてくると、もうもどかしいとばかりに、かなりの高さから平気で飛び降りてきた。

相変わらず無茶をする。本人は無茶とは思っていないようで、リュオンの顰めっ面をきれいに無視し、勢い込んで言う。

「北側の斜面で動く大きな影を見ました」

そのまま返事も待たずに駆け出しそうな勢いでそちらに向かう。

立ち止まってゆっくり話を聞ける状況ではなさそうだ。やむなく後を追った。

「翼竜を見たのか」

「翼の一部と思《おぼ》しき形でした」

歩調を緩めぬままシリルは迷いのない口調で答える。

北側は岩稜になっている。

腹這いになって下を覗くと、懸垂下降でしか下りられない迫力ある岩壁に圧倒される。

「あの洞窟。あそこに翼竜がいるんじゃないかと思います」

崖がV字を横にした形に抉《えぐ》れたところがあり、対面の岩壁に大きめの穴が空いている。

「ここからロープを使って、この下の棚場のようになった場所まで行き、そこでもう一度笛を吹いてみます。高さ的にも距離的にも向かいの洞窟の位置と近いので、翼竜を誘《おび》き出せたら、捕獲用の縄が届きます」

「相当な危険を伴うと思うが、自信はあるのか」

並んで腹這いになったまま聞く。

「あると言ったらおこがましいですけど、あると思わないと何もできませんから」

肝の据わった返事に、判定役としては「気をつけて行け」と言うほかない。もとより翼竜捕獲が困難なことはわかりきっている。

棚場までなら目視で距離と到達地点がわかるため、一度の懸垂下降で下りられる。

岩に打ち込んだ頑丈な釘に、体重を支えられる太縄をしっかり結び、岩壁を後ろ向きに歩く要領でゆっくり下りていく。

帽子を被った頭頂部が少しずつ遠ざかっていくのを、上から見守った。

シリルは落ち着いている。

手袋を嵌めた手と、岩に掛けた足を慎重に動かし、極力体を揺らさないようにして、身長の五倍ほどの高さを下りていった。

無事、一時とどまれる場所に降り立つ。その部分は身の丈に近い段差の石段が二段重なったような地形になっており、踏面部分がほぼ平らで、胡座《あぐら》で座れるくらいの幅がある。

シリルはそこで立ったまま横笛を吹きだした。肩には捕獲用のロープを装備している。翼竜が現れたら即座に投じられるよう、態勢を整えていた。

即興で吹いていると言っていたが、おおまかなメロディは先ほどと同じか、よく似ている。本人は無自覚なのだろう。

安定しているとまでは言えない岩の上に、動じることなく立つ様は凜然としていて、翼竜を従えるにふさわしい特別な存在感がある。岩塔からだと後ろ姿しか見えないが、危険な場所にいることなど意識の外に追いやって、無心に笛を吹いているのがわかる。

風に乗って澄んだ笛の音が流れていく。

洞窟の入口に変化はない。

そう簡単に翼竜を呼び寄せられるとはシリルも考えていないようで、ひたむきに笛を吹き続ける。

よけいなことはいっさい考えず、想いや願いを音に乗せて伝えようとしているかのような、迷いのない音色だった。

心が澄み渡り、気持ちが穏やかになる音色に耳を傾けつつ、固唾を呑んで事態を見守る。

しかし、肝心の翼竜には届いていないのか、状況に変化は起きない。

そろそろ別の方策に切り替えたほうがいいのではないかとシリルに声を掛けようとしたとき、ぽっかり口を開けた暗がりの奥で何かが動いた気がした。

目を凝らしてしばらく洞窟の入口を見ていたが、何も起きない。

気のせいか、と緊張を緩めた矢先、いきなり洞窟から翼竜が出てきた。

飛び出してきた、という表現のほうがしっくりくる。

シリルも当然気づいたはずだが、笛を口から離さず、音を止めない。

翼竜は巨大な翼を半分広げ、一気に空高く舞い上がる。

長い尾をくねらせ、あっという間に遙か上空に到達するや、地上にいる人間には手出ししようがない高度で翼をぐんと全開にした。

そのまま優雅にぐるりと旋回し、滞空する。

まだ若い、綺麗な翼竜だ。蒼玉色のボディに、虹のような七色の光沢を放つ翼。面長の厳めしい顔に眼光鋭い目。威風堂々たる姿は畏怖と共に神々しさを放つ。

ついに姿を現しはしたものの、至近距離から捕獲用の縄を掛ける隙もなく、届かない高さに飛び上がられてしまった。想定内ではあっただろうが、こうなると、なんとかして下りてこさせなければ打つ手がない。背中に飛び乗って共に飛行しながら、最初は暴れる翼竜を制御し、騎手としての力量を見せることで翼竜に認めさせ、心を通じ合わせて受け入れられる、というパターンが一般的なので、まだ諦めるには早い。だが、不意を衝ける最初の遭遇時に縄を打ち損ねると、翼竜も当然警戒して近づいてこなくなるため、捕獲の難易度は格段に上がる。

シリルは用意していた縄を使う間もなかったことに失意を抱いた様子もなく、楽を奏でることに全神経を集中させているようだ。

明らかに翼竜に聴かせるために曲を奏でている。

遙か上空で翼竜がゆっくりと、円環を描くように滑空する。

巨大な翼が悠然と風を切り、しなやかな尾が美しい軌跡を描く。

ああ、あいつ、悦《よろこ》んでいる――自分の翼竜でもないのに、見ているだけで気持ちが感じ取れた。

もっと聴きたい、もっと続けろ、と全身を使って表現している。

それに応えるようにシリルもいっそう熱を込めて笛を吹く。

曲に合わせて翼竜が空を飛び回る。

シリルと翼竜の動きは共鳴し合っていた。

崖の途中と上空とで距離は遠く離れていても、気持ちは通じているのがわかる。

一人と一頭の間に繋がりができ、徐々にそれが強く結びついていく様を、目の前で見せつけられているようだ。

胸に熱いものが込み上げる。

円を描きながら翼竜が少しずつ降下してきた。

翼竜がシリルを見ている。

笛を吹きながらシリルも頭を上向けた。翼竜と見つめ合っているのが、振り仰いだ角度から察せられる。

翼竜が歓喜に満ちた鳴き声を発した。

ふぉう、ふぉおおう、という特徴的な声がガルガン山脈に響き渡る。

体長の倍以上ありそうな巨大な翼をばさっばさっと羽ばたかせる。

「おいで！」

シリルが翼竜に呼び掛けた。

翼竜が応えるように頭上でくるくると長い体を回す。

そして、扇子のように何本も骨が入った翼を半分に畳み、シリルを脅かさないように気遣ってか、ゆっくり下降してくる。

笛を持つ腕を下ろしたシリルは、肩に掛けた縄と共にリュックに笛を仕舞うと、両腕を大きく広げて近づいてくる翼竜を迎えるようにする。

翼竜が羽ばたきを止め、飾りのようにトゲの生えた首を下に向けて伸ばす。

親愛を示すしぐさだ。

翼竜は心を許した者にだけ自ら首を差し出し、うなじを撫でさせる。

シリルの手が翼竜の顎に触れようとした、まさにその瞬間、空を切る音をさせて投げられた縄が、翼竜の首に巻きついた。

「なにっ！」

予想外の展開に大声が出た。

リュオンがいる場所からだと死角になる棚場の端から、レイモン・ブランが姿を見せる。

「あいつ……！」

いつの間に棚場に下りていたのか。シリルの吹く笛の音と、若い翼竜の交歓に意識を捉われていて、腑甲斐《ふがい》なくも気付かなかった。

「何をするんだ！」

シリルの憤怒《ふんぬ》の声が聞こえる。

「うるさい、邪魔をするな！　こいつは俺がいただく！」

「させるかっ」

狭い棚場で二人が揉み合う。

「やめろっ、おまえたちっ！」

このままでは滑落してしまう。

緊急事態だ。

空に向かって鋭く指笛を吹く。

間に合え、と祈る気持ちだった。

意に染まぬ形で縄を打たれた翼竜の抵抗は凄まじかった。先ほどまでの穏やかで友好的な態度は、嵐さえ呼びそうな怒りに取って代わり、猛烈な抵抗を見せる。

棚場がV字を横にした岩と岩の間だったため、翼を完全に開くことができず、羽ばたき一つで吹き飛ばすほどのパワーを発揮できないのがまだ幸いだった。さもなければ一発で棚場から真っ逆様に落とされていただろう。

レイモンも翼竜騎士団で曹長の職位にいるだけの能力はあるようで、翼竜の首に掛けた縄を巧みに操り、振り切られることなくじりじりと距離を詰める。

まだ若い翼竜は狡猾《こうかつ》な曹長から逃れるには経験値が足りないらしく、闇雲にもがいて、ますます自らの首を絞めていく。

「放せっ！　苦しがってるじゃないか！」

シリルがレイモンに摑み掛かり、縄を奪い取ろうとする。

「やめろっ！　危険だ。シリルッ！」

「手を出すなと言ってるだろうが、このクソがっ！」

リュオンが制止するべく叫んだのと、レイモンの怒声が重なる。

次の瞬間、シリルを勢いよく振り払ったレイモンの肘がシリルの顎を直撃し、体格に差があるシリルの体が棚場から後ろ向きに飛び出した。

「シリル——ッ！」

一瞬の躊躇いもなく、落下するシリルを追ってダイブする。

ぎゃあっ、と翼竜が最悪の機嫌だとわかる声を放ち、縄の反対端を腰に巻いたレイモンを振り離そうとするように空に舞い上がる。

翼竜に無理やり首を下げさせて、よじ登ろうとしていたレイモンは宙吊りになって喚《わめ》く。

「くそっ、降ろせ。降ろせっ」

曹長の面倒まで見る義理はない。自分でなんとかしろ、と胸中で突き放す。

深い谷底に吸い込まれていくシリルを空中で追いかけ、なんとかして近くに寄って体を摑めないかと、必死に腕を伸ばしながら落下していった。

＊

痛烈な一撃を顎に食らい、ぐらっと傾いた体勢を立て直す余地もなく、吹っ飛ばされる形で背中から空に飛び出していた。

悲鳴を上げる間もなかった。

ぐんぐん落ちていく感覚を全身で受けながら、頭の芯が逆に冷める感じで、やってしまったなと自虐していた。

ごめん、たぶん死ぬ。さすがにこれは無理。助からない。

謝らなくてはいけない相手などいないはずなのに、ごめん、という言葉が一番に頭に浮かぶ。

あと少しだったのに。

あの綺麗な青い翼竜と空を飛んでみたかった。虹色に輝いて見えた翼は幻獣のように綺麗だった。

名前はグウェナエルだ。紅玉石みたいな目を見た瞬間、頭に浮かんだ。

最後にリュオンには、お別れと、ここまでいろいろと助けてくれたお礼を言いたかった気もする。

なんでもできて、嫌味を言いたくなるほど恵まれ過ぎた、いけ好かない騎士長様だとずっと敬遠してきたが、一緒にいると安心できて、本当に頼もしかった。

自分ごときが粋がったところで敵《かな》う相手ではないと、この数日の間に何度も思い知らされた。

翼竜騎士団に入ったら、もっと謙虚に、分をわきまえた態度で接しようと心に決めていたのに、果たせそうにない。リュオンの記憶には、生意気で鼻持ちならない、無鉄砲で馬鹿な後輩として残るのだろう。

なんか、ちょっと、悔しい。

死ぬ前に脳裏を駆け抜ける記憶や思考というのは、こんなものなのか。意外と現実的だな、などと思って、頭のネジが一本外れたみたいに急に笑いたくなった。

ガシッと全身に衝撃が走ったのは次の瞬間だった。

地面に叩きつけられた……にしては痛みが全くない。

えっ、と訝しみ、瞑っていた目を恐る恐る開く。

最初に見えたのは、分厚く頑丈そうな皮膚に覆われた、濃い緑の短い足だった。そして、それに繋がる巨大な胴体。

嘘だろう。驚きすぎて、声にならない。

飛んでいる。空を。翼竜の鉤爪に摑まれて。落ちていたときの、背中を下にした、いわば仰向けの状態で、鋭い鉤爪で檻のように囲われ、どこかに運ばれている。

首を回せるだけ回すと、巨大な爪の隙間から地上が見下ろせた。

五日間かけて過酷な道程を踏破してきたガルガン山脈が、眼下に一望できる。

こんなに緑豊かな山だったのか、とあらためて感嘆した。俯瞰《ふかん》するとなだらかにそうに見える稜線に、歩くと全然違うんだけど、と突っ込みを入れたくなる。

ビュンビュン吹きつける風が冷たい。ガタガタと全身が震えてきた。こんなことを感じるのも、まだ生きているとわかって、生きたいという欲が出てきたからだろう。我ながら現金だ。

どこに連れていかれようとしているのか知らないが、危害を加えられる気はしない。翼竜は肉食ではないという話なので獲物にされたわけでもないだろう。ここから先は出たとこ勝負だ。

それにしても、立派な翼竜だ。

さっき騎竜にしようとしていたグウェナエルの倍くらいありそうだ。今は腹部と足、尾のごく一部しか視界に入らないが、それだけでも予測はつく。

全身の色は濃い緑色かと思ったが、光の加減や見る角度によっては金緑にも金紫にも見える。

この翼竜、もしかして……。

そう思い当たったとき、ゲレ岳山頂が目と鼻の先に迫っていた。

ゆっくりと地面に降ろされる。地上が近づくと同時に鉤爪の隙間から自分の足で地面に降り立つつもりで身構えていたので、着地はスムーズだった。

シリルを離したあと、翼竜は地面に足を着けることなく、すぐにまた飛んでいこうとする。

その前に、翼竜からひらりと飛び降りてきた人物がいた。今の今まで、誰かが背中に乗っていたことに気付いていなかったが、なんとなくもうわかっていたので驚かなかった。

「おい。大丈夫だったか」

一緒に乗ってきたのなら、それはリュオン以外に考えられず、予想通りだ。

「先輩が助けてくださったんですね。ありがとうございます」

「実際におまえを救ったのはあいつだ」

あいつ、とすでに遠くの空を飛ぶ小さな黒い影となった翼竜を、親指を反らして示す。

「あと少し遅ければ、樹林帯に落ちて悲惨な状態になったおまえと対面することになっていたかもしれない。途中の岩場に叩きつけられずにすんだのも奇跡的な運のよさだ。おまえはやっぱり、何かしら持っているようだ」

「正直、もう終わったなと思いながら落下していました」

「礼ならあいつ、モルガンに言え」

「モルガン。先輩の騎竜はモルガンというんですね」

「そうだ」

「すぐどこかへ行ってしまったので全体をじっくり見ることはできませんでしたけど、すごく立派な翼竜ですね。あんな珍しい体表の色、めったにないと聞きます。玉虫色、と言うんでしたか」

「おまえが捕獲寸前までいっていた翼竜も、おそろしく綺麗な個体だったじゃないか」

「……はい」

だが、あれはもう手に入らない。今頃はブラン曹長が、宥《なだ》め賺《すか》し、機嫌を直させて騎竜にしているだろう。卑怯な手を使って横取りされて、騎士の風上にも置けない最低最悪な人間だと軽蔑するが、翼竜があの騎士でいいと思えば、そこまでだ。捕獲に失敗したこちらは、背中に乗って相性を試してもらうことも叶わず、曹長がうまくやったとしたら、翼竜の選択に対して何も言えない。

「らしくないじゃないか」

つい消沈した顔をしてしまったら、あのいつもの冷やかすような、劣等感を刺激する、癪に障る物言いをされた。

「落ち込むのは後にしろ。まだレイモンに捕獲されたと決まったわけじゃないだろうが。それとも、おまえはそうなるところをその目で見たのか」

「それは……見てないですけど」

ムッとしたが、反論できなかった。

「だったら決めつけるのはまだ早い」

「わかりました。棚場に戻ってみます」

リュオンにこれ以上あれこれ言われるのが嫌で、半ば自棄《やけ》っぱちだったが、その実、レイモンと翼竜がどうなったのかはっきりと知りたい気持ちもあった。

先ほどと同様にロープを使って棚場に下りる。

今回はリュオンも後から下りてきた。判定役として、ここで起きたことを正確に報告する義務があるのかもしれない。

「選ぶのは翼竜というのが唯一無二の原則だから、あの翼竜がブラン曹長を背中に乗せることをよしとしていたら、先に見つけたのが私でも、どうすることもできない。そうでしたよね」

「そうなるな」

判定役のリュオンは、実質、どちらの味方でもない。翼竜騎士未満の候補騎士に万一があれば保護する責務はあれど、捕獲の手伝いはしないし、本来アドバイスをする義務もない。己の仕事はきっちりとこなしており、文句のつけどころがない。ここまで一緒に行動しておきながら冷淡だと責めるのは明らかにお門違いだった。

棚場には捕獲用のロープがぶっつりと途中から切れた状態で打ち捨てられていた。

拾い上げ、切り口を見る。両端とも物理的な力が加わって切れている。人の手で解かれたのではないようだ。

「こっちはナイフの刃みたいな形の岩の角にぶつかって、擦れて切れた感じだな。反対端は翼竜が嚙みちぎったみたいにぐちゃぐちゃだ」

「どういう状況だったんですかね」

「とりあえず、もう一度笛を吹いてみろ」

「……意味ありますか、それ」

「いいから、さっさとやれ」

こちらの質問には取り合わず、理由も言わずに命令口調とは。騎士長殿の本領発揮か、と内心不平を並べながら横笛を構える。

傍で聴かれていると思うとやりにくくて仕方なかったが、吹き始めたら、誰がいようとどうでもよくなり、即興でメロディを生み出すことに意識を傾けていた。

音楽が次から次へと湧いてくる。

笛を通じて送り出してやると、全身を音で包まれるような心地よい気分になり、ずっとずっと奏で続けて、この感覚に浸っていたくなる。

バサッ、バサッ、と上空で羽ばたきがした。

顔を上げると、あの美しい蒼玉色の若い翼竜が――グウェナエルが、戻ってきていた。

「嘘……っ、う、嘘だ……！」

「おまえには、あれが幻に見えるのか」

偉そうに岩壁に背中を預け、腕組みまでしているリュオンに、面白そうなニヤつき顔で聞かれる。

グウェナエルの赤い瞳には、待っていた、と言いたげな親しみが含まれている気がした。

「ほら。行け。ぐずぐずしていると、また誰かに横から攫っ攫《さら》われるぞ」

嫌味っぽく背中を押され、笛を仕舞って棚場の縁まで歩み寄る。

するとグウェナエルが目の前にすうっと下りてきた。翼を動かすことなく、気流を巧みに利用して空に止まっていることができるのだ。

グウェナエルが長い首を伸ばしてくる。細い三角形をしたトゲが何本も生えた首には、捕獲用のロープが巻き付いたままになっている。

「これ……そうか。取ろうとしたけど食い込んで取れなかったんだな」

ロープが擦れて千切れ、ブラン曹長がどこかに落ちたあと、邪魔なロープを短く噛みちぎるところまではできたものの、首にぎちぎちに絡まった輪の部分を外すのは難しかったようだ。

「すぐ取ってやるから、じっとしてろよ」

グウェナエルはシリルを信頼し切っているようで、されるがままにおとなしくしている。

騎士団で活動する際に使われる特殊な結び方をされたロープを解く。暴れれば暴れるほど締まる動物捕獲用の結び目で、グウェナエルの首には硬い皮膚が擦り切れた痕が残っていた。

「かわいそうに。ごめんな」

首を抱き、頬擦りする。

くう、と甘えるように鳴き、乗れと首を捻って背中を示す。

「いいのか、私で」

グウェナエルの真摯な瞳がはっきりと意思を伝えてくれていた。

「よし」

棚場からグウェナエルの背に飛び移る。

シリルの体重が掛かったくらいではびくともしない。

翼竜の背に乗ったことなど一度もないのに、体が勝手に乗り方を心得ていて、不思議な気分だった。

左右の翼の付け根に沿って曲げた脚を後ろに伸ばし、膝で胴を締めるようにしてバランスを取る。尻は浮かし気味にして、手で首に生えたトゲを摑む。

「振り落とされるなよ。まぁ、おまえの騎手としての技術が未熟でも、翼竜に任せておけば万事うまくいくだろうがな」

「ちょっと行ってきます」

行ってこい、と顎をしゃくられる。

人を背中に乗せているときは、翼竜は人の指示に従う。飛べ、の合図は首を撫でる。止まれ、と降ろせは、太ももで胴を締める。そのほか、スピードの上げ下げ、方向指示、旋回指示など、すべて合図の仕方が決まっている。野生の翼竜でも、訓練らしい訓練を受けずともすぐに人の意思を汲み取るのは、騎士と騎竜の絆のなせるわざだ。どちらも肌感覚でそれを理解している。理屈は抜きだ。

「わあぁ。気持ちいいなぁ」

シリルを乗せたグウェナエルは、高度をあまり上げずに山脈の上空をぐるっと一周する。

どこを飛ぶかは任せ、風を切る爽快さ、安定した乗り心地、旋回時の無駄のない軌跡などをチェックし、堪能した。

ついに、念願が叶う。

自分の騎竜を持つことができた。

じわじわと実感が込み上げ、感無量といった心地になる。

音楽でも本当に翼竜の心を摑めるのだな、と喜びを嚙み締める。一か八かで笛を吹いてみただけだが、縄もなしにグウェナエルのほうから近づいてきてくれたときには感動した。信じて、やって、よかった。

「おい。初乗りにしては、悪くない騎乗ぶりじゃないか」

不意に斜め後方から声を掛けられる。

「先輩！」

玉虫色の珍しい体表に覆われた、圧倒的な大きさと威厳、王者のような風格を有する翼竜に乗ったリュオンが、難なく横に並ぶ。

雄々しくも美しい翼を全開にした姿は神がかった印象で、グウェナエルが畏《かしこ》まるそぶりをみせたのが、筋肉の僅かな動きから察せられた。

モルガンのほうは威風堂々としていて、グウェナエルをチラリと一瞥したときの迫力は、引くほどすごかった。乗っているシリルまで緊張のあまり背筋に震えが走ったくらいだ。小僧、しっかり飛べ、とでも眼差しで激励したように思える。モルガンの目は黒曜石を嵌め込んだような深みのある黒色で、それもまた唯一無二感があった。

リュオンが巧みに、翼竜同士の翼をぶつからせないよう、上下にずらして寄ってくる。おかげで叫ばなくても会話ができるようになった。

「すごい騎竜ですね」

よくぞこれを捕獲し、手懐けられたものだ。騎竜もすごいが、リュオンはさらにすごい。他の語彙を思いつけないほど感嘆した。

「さっきおまえはこいつの爪に助けられたんだぞ」

そうだった。

「モルガン、ありがとう」

あらためて直接礼を言う。

モルガンはまっすぐ前を向いたまま悠然と滑空している。

「よくやった」

シリルが言っても無反応だったが、リュオンに首をポンポンと撫でるように叩かれて褒められると、まんざらでもなさそうに、ぐるっ、と喉を鳴らす。

「おまえが落ちたあとすぐ俺も追いかけたんだが、そもそも落ちた位置が違ったから空中でおまえを確保できず、このままだと地面に激突するか、木の幹に串刺しにされるかだなと観念しかけたところに、モルガンが間に合ったんだ。俺を背中で受け止めて、おまえを爪で掴んでくれた」

「そうだったんですね」

状況を想像し、木の幹に串刺しになった自分を頭に浮かべ、遅ればせながらゾッとした。地面に叩きつけられて潰れた果実のようになるのも嫌だが、串刺しで野晒しはさらに御免被りたい。

「あの、そういえば、ブラン曹長はどうなったんでしょうか」

思い出して恐る恐る聞くと、「俺が知るか」とぶっきらぼうに返される。

「腐っても翼竜騎士団の一員だ。自力でなんとかしただろう。緊急事に対応する訓練も受けている」

心配してやる義理はないとばかりに冷たい。

殺されかけるという酷い目に遭わされた身として、シリルも自業自得だとは思うが、後味の悪い思いをするのは嫌だったので、いちおう気に掛けた。

「今回のことは、いい薬になったんじゃないか。もともと性格に難のある男だ。素行の悪さもたびたび上層部で問題になっていたようだし、この際、退団になっても仕方ないだろう」

リュオンは淡々とした口調でばっさり切り捨てる。容赦がない。怒らせると怖いタイプか。自分も

気をつけようと肝に銘じる。

レイモンに関しては同情はできないものの、今回の件を屈辱を受けたとして逆恨みされたら面倒だなとは思う。おとなしく引き下がりそうには見えず、ちょっと嫌な予感がした。

「それより、翼竜たちがもっと飛び回りたがっている」

一転してリュオンが快活な声を出す。

「とことん付き合いますよ」

気を取り直し、我ながら不敵に受けて立つ。

「そいつ、モルガンについて来られるか？」

「たぶん。なぁ？」

グウェナエルは自信に満ちた、張りのある鳴き声を上げて応える。

フフンとリュオンが小気味よさそうに笑い、一気にモルガンをグウェナエルから離して、そのままぐんと加速する。

「うわっ、速っ。グウェナエル！」

声を掛けると同時にグウェナエルも飛び出す勢いで後に続く。

騎手と騎竜が一つになって空を飛び回る。他では味わえない感覚に高揚し、歓喜が込み上げる。

最高の初飛行体験だった。

＊

行きはガルガン山脈を縦走《じゅうそう》してゲレ岳に登ったが、帰りは翼竜に乗って麓《ふもと》までひとっ飛びだ。人目につかぬよう麓の村のはずれで降り、モルガンとグウェナエルを帰す。そこから徒歩で集落に向かい、宿屋で食事をして別れた。

「俺は騎士団本部に戻り、団長たちに結果を報告する。おまえには明日から三日間休暇が与えられる。その後月末までは翼竜騎士団《よくりゅうきしだん》預かりの身分、月初の入団式を経て正式な翼竜騎士団員となる」

「はい。よろしくお願いします。判定役、ありがとうございました」

シリルは背筋を伸ばし、畏《かしこ》まって頭を下げる。

五日間にわたるハードな道程で、顔も手足も薄汚れ、体は疲れ切っているはずだが、達成感に満ちた表情は晴れやかで清々しく、眩《まぶ》しいくらいに輝いている。胸の内には、未来への期待と希望、そして誇りと自負心といったものが渦巻いているのだろう。

「おまえは伯爵邸か？」

「そうですね。さすがに今回は手紙だけというわけにもいかないので、会って話します」

実家に帰る話になると、先ほどまでの意気揚々とした感じが萎《しぼ》み、緑の瞳に陰がかかる。憂鬱そうな顔に、そんなに嫌なら無理して帰らなくてもいいんじゃないかと言ってやりたくなった。

「大丈夫か」

なんなら一緒に行ってやろうか、と喉まで出かけたが、シリルが腹を括《くく》ったようにニコッと不敵な笑みを見せたので、大丈夫そうだなと引き下がる。シリルの意志の強さと気丈さは知っている。立ち向かわなければいけないことから逃げない矜持《きょうじ》の高さもだ。

宿屋で借りた馬に跨《また》がり、伯爵の領地に向かうシリルを見送ったあと、リュオンは王宮内にある騎士団本部に戻った。

日が沈みかけた頃到着し、待ち構えていた団長に、シリル・ボワイエが正しく騎竜を確保したと報告する。

「そうか。来期はまず一人、新たな団員を迎えられるな。明後日出立するデヴィット・ゴティエも優秀な騎士だと聞いている。おそらく彼もやり遂げるだろう。きみも判定役ご苦労だった」

「レイモン・ブラン曹長の件はいかがされるおつもりですか」

ううむ、と団長は髭を生やした顎を撫でながら難しい顔をする。

「とりあえず無事戻ってくることを祈ろう。処分に関してはそれからだ。入団式までに騎竜を獲得できたなら退団処分は免《まぬか》れるが、果たせなかった場合は……まぁ、陛下の縁戚にあたる男でもあるし、ある程度の忖度《そんたく》は求められるかもしれんな」

そう簡単にクビにするわけにはいかないようだ。王弟陛下の息子ということは忘れてくれと入団するとき念押しした自分とは真逆で、利用できるものはなんでも利用し、特別扱いを当然のことと受け止めている節があるので、団長も扱いづらいだろう。

口頭での報告をすませ、団長室を出る。

近衛騎士団の特殊部隊である翼竜騎士団の本部と関連施設は、すべて王宮の中にある。

広大な王宮の敷地の一角に、宿舎や学舎、訓練所に武道所等々がひとかたまりになっていて、平騎士から団長に至るまで全騎士がここで寝泊まりし、待機することになっている。節目節目で与えられるまとまった休暇の際には外出外泊共に認められているが、通常のローテーションでの非番のときは外出のみ許される。

平騎士は基本二人一部屋だが、曹長からは個室だ。上に行けば行くほど部屋の広さや室内の設備が立派になる。騎士長ともなると部屋に浴槽と洗面台が付いていて、騎士見習いと呼ばれる少年が身の回りの世話をしてくれる。

「お帰りなさいませ」

「ただいま、トビ」

自室に戻ると騎士見習いのトビが入浴の準備をして待ってくれていた。

五日間湯を使えず、絞ったタオルで拭くだけだったので、久しぶりの風呂だ。トビに肩から湯を掛けてもらい、頭のてっぺんから爪先まで洗い清めて、ようやく人心地ついた気分になった。

濡れた髪と体を拭くのをトビに手伝ってもらいつつ、今頃シリルは伯爵邸でゆっくりできているだろうか、と思いを馳せる。

シリルにとって実家は居心地のいい場所ではないようだが、翼竜騎士団に息子が入るというのは大変名誉なことだ。伯爵も周囲に対して鼻が高いだろう。皇太子との縁組が潰れたことよりも、そちらを素直に喜び、よくやったと労《ねぎら》ってやってほしい。なにしろ、本人があんなにオメガ化を屈辱だと捉え、嫌がっているのだから、これは最良の結果だ。

もっとも、殿下は少し残念がられるかもしれない。はっきり伺ってはいないが、どうやら殿下はまだ一度も会ったことのないシリルを、絵姿と評判だけで、まんざらでもなく思っておいでのようだ。明らかに興味をお持ちだった。ただ、殿下は思いやり深く謙虚なお人柄だから、シリルの気持ちが一番重要であり、それを尊重する、結論を出すのに時間が必要なら待つと譲られたのだ。他でもない皇太子殿下にぜひと望まれたなら、シリルもさすがに固辞できなかっただろうに、本当に公正で、尊敬に値する方だ。

殿下にはお気の毒だった……と思う一方で、実を言うとリュオン自身、もしもあのとき父からの手紙にすぐに返事をしていれば、といまだに未練がましく考えてしまうことがある。どのみちシリルが伯爵の言いつけに従うとは考えられず、結果は今となんら変わりなかったはずだが、シリルを知れば知るほどその思いが強くなる。

振り回されている。この俺が。

だが、それを面白く感じ、楽しんでいる自分がいることも事実なのだ。

こざっぱりしたシャツに、サスペンダーで吊ったズボンという服装で、詳細な報告書を書き綴《つづ》っていると、トビが王宮から使いが来たと知らせにきた。

宿舎のエントランスに下りていくと、皇太子殿下の侍従が直立不動の姿勢で待っており、恭《うやうや》しく手紙を差し出してきた。

三つ折りにして封蠟された手紙をその場で開き、目を通す。

今宵食事を一緒にどうか、というお誘いだ。

シリルの翼竜捕獲に判定役として同行したことも、今日帰ってきたことも、殿下はご存知のようだ。

さりげなくシリルの動向を気にされていたのは承知している。結果も当然お聞き及びだろうが、それを踏まえた上で、話されたいことがあるようだ。

部屋に戻って、喜んで伺う旨返事を認《したた》め、侍従に渡す。

「トビ、晩餐用の盛装に着替える」

「畏まりました」

トビが衣装を用意する間に、報告書を書き上げた。

その後、トビに手伝ってもらって衣装を替え、迎えの馬車に乗った。

王宮の敷地内とはいえ、騎士団の宿舎と殿下の私邸とは馬車でもそれなりの時間を要するほど離れている。高い塀と、深い堀とに囲まれた敷地の中心に、国王陛下のお住まいであり、公務をされる場所でもある宮殿が聳《そび》え、その周囲を広大な庭園と森が囲む。さらにその外に、殿下をはじめとする王族方の私邸や、各官庁の官舎、関連施設などが点在している。

皇太子殿下の私邸に馬車が着く。

「遠出から帰ったばかりで疲れているところを来てもらって、すまない」

殿下自らお出迎えいただき、恐縮する。私的な晩餐に合わせたスーツをお召しになっている。濃紺の三つ揃いが金髪を映えさせていた。

「久しぶりにお顔を拝見できて光栄です。疲れも吹っ飛びました」

「それならいいんだが。ようこそ、従弟殿」

互いの背中に腕を回し、抱擁する。

殿下とは一つしか歳が離れておらず、身長も体型もほぼ一緒で、幼い頃から双子の兄弟のような感覚で育ってきた。趣味や嗜好も似ていて、相手の気持ちや考えが自分のことのようにわかったりもする。生まれたときから次期国王として帝王学を叩き込まれてきた殿下と、王弟陛下の次男で自由奔放に育ってきた身では、背負ったものが違いすぎ、そのことが性格に差をつけているのは否めない。けれど、二人が気心の知れた従兄弟同士であり親友同士なのは確かで、そのことは国民の間にも広く知れ渡っている。

晩餐の前に軽く飲もうと言われ、テラスでグラスをカチッと触れ合わせた。

芝生が敷き詰められた庭園は暗く、木々の陰影が見て取れる程度だが、侍従や側近をガラスの向こうに退けて二人で向き合うにはうってつけの場所だ。

「初めての翼竜捕獲同行、無事よい結果で締められてなによりだった。ゲレ岳、私も十代の頃何度か登ったが、頂上を目指すだけでも三日みていた。一度二日の行程を組んで強行したが吐きそうなほどきつかった。騎士になって二年半で騎竜確保をやり遂げたシリル殿の覚悟は本物だったな」

細やかな泡がしゅわしゅわと立ち上る酒を飲みながら、穏やかな声で話す殿下の表情は、曇りなくすっきりとして見える。

二年あまりの間、おそらくずっと近衛騎士団でのシリルの働きを見てきて、この日が来ることを受け止め、喜んで祝せるように頭の中で繰り返し想像していたのだろう。

「ボワイエ伯爵宛にも手紙を持っていかせた。夕方、陛下から結果を伺ってすぐだ」

「なんとお書きになったのですか」

「もちろん、入団を祝う言葉と、翼竜騎士団での今後の活躍を期待するという内容だ。最後に、私へのいかなる配慮も無用と書き添えた」

さすが殿下だ。皇太子直筆の、翼竜騎士団入団歓迎の手紙を受け取れば、伯爵はシリルとの約束を反故《ほご》にすることはもちろん、今後いかなる邪魔もできなくなる。

己の希望や欲求は捨てて、憎からず想う人の幸せを応援する姿勢に、本気の情をひしひしと感じた。なかなかできることではないだろう。やはり敬愛に値する方だ。

「今後はきみに託すことになるな」

殿下はにっこりと笑って言う。聡明さに溢れた目で見据えられ、心の奥底に隠してきたつもりの気持ちを、とうに知られていたようでドキッとした。そう思うと、今の言葉が意味深に聞こえ、なんと返せばいいか迷った。

「私は立場上騎士団に行くことはできない」

躊躇《ためら》っているうちに、殿下が達観した口調で続けた。

「遠くから見守るだけで、それも二年半が限界だった。陛下には今まで我が儘を聞いていただいた。これ以上我を通すのは国民に対する裏切りだと理解している。近々、結婚することにした」

「お妃選び、ですか」

そうだ、と殿下ははっきり頷く。

「私は、愛人や側室を持つつもりはないんだ。だから、シリルのことも、もし彼が私の許に来てくれるなら妃として迎えたいと思っていた。ただ、そうなるとアルファの彼には二重にも三重にも責務を負わせることになる。何がなんでもオメガ化して、跡継ぎの男児を産まなければ許されない空気の中、一挙手一投足が国中の注視を浴びる。期待されすぎて、一瞬たりとも気を抜けず、身動きできなくなるかもしれない。ただ王室に入るだけでも性に合ってなさそうなのに、そんな重圧を与えたら、幸せになどとうていなれないのではないか。それでも私は彼を求めるのか。ずっと葛藤していた」

「伯爵は側室として嫁がせようとしていたようですが、お妃となると、逆に恐れ慄《おのの》いて引いたかもしれませんね」

「そう思って、このことは私一人の胸に収めていた。……ほぼ、叶わない望みだとわかっていたので、今もそれほど落ち込んではいない。決して虚勢ではなくだ」

「わかりますよ。殿下は昔から嘘のつけない方ですから」

「そう言ってくれるきみの存在に救われている」

畏れ多いです、と頭を下げる。

「きみが私を理解してくれているように、私もきみを理解しているつもりだ、リュオン」

気持ちのいい夜風が、テラスの手すりに腕を置いて凭《もた》れた二人の髪を靡《なび》かせる。

今ならお互い包み隠さずに本音だけを話せそうな雰囲気だった。

「翼竜騎士団はシリルに合っていると思う。彼には自由に大空を飛び回ってほしい。放っておけばどこまでも行ってしまいそうな危うさがあるが、それが彼の本質のような気がする」

「確かにそんな感じです。本当の父親は吟遊詩人らしいのですが、その血をそっくり受け継いでるんじゃないかと思います。もっとも、伯爵夫人もたいがい奔放で、自由気ままなレディだそうですが」

「吟遊詩人といえば、私たちが子供の頃、こっそり秘密の地下通路を通って王宮の外に出たとき、北の丘の大木の下で弦を奏でていた人がいたな」

「もちろん覚えています」

覚えているどころか、怪我をした翼竜の子どもをその吟遊詩人から預かったので、忘れようにも忘れられない出来事だ。

「子供心にも、こんな美しい人が世の中にいるのかと驚きすぎて、おかげでその後、どんなに綺麗な人を見ても感動が薄れてしまっている気がする」

「俺は翼竜の子どもにばかり意識が向いていて、その方の顔はあまり覚えていないんですよ」

「きみらしいな。きみの翼竜好きはあの頃から筋金入りだった」

そうなのだ。将来は翼竜騎士になりたいと物心つくかつかないかといったときから希望していたのだが、生きた翼竜の子を間近で見たのは初めてで、興奮しきっていた。

「吟遊詩人から、きみならこの子の面倒を見られるんじゃない、と言われたときのきみの顔、今でもはっきり思い出せる。あの人は私たちがどこの誰か気づいていたんだろうな。だからはっきりと、私ではなく、きみに言った。きみなら私より自由が利くし、本来飼育してはいけない翼竜を秘密裏に保護できる環境にある。なにより翼竜に対する熱意を認められ、信頼されたんだよ」

「あの吟遊詩人はどういう経緯で怪我をした翼竜の子どもを持っていたのか、考えれば考えるほど謎ですが、当時はそこまで頭が回らなかったんですよね。こんなもの連れてきてどうするつもりだ、と父にはこっぴどく叱られましたが、父も無類の翼竜好きで、普段目にする機会のない翼竜の子どもが、怪我をして放っておけない状態だという現実の前には、持てる力を使いまくって秘密裏に保護する以外の選択肢はなかったようです」

怪我が治って野生に返せるようになるまでという条件で、大切に育てた。

その翼竜が、モルガンだ。

別れて十年以上経っていたにもかかわらず、ゲレ岳に登った際、ずっと待っていたと言わんばかりに向こうから飛んできて、すっかり逞しく大きくなった背中に乗せてくれた。

「翼竜がきみを間違わずに選んだようにシリルもきみを選ぶんじゃないか。そんな予感がする」

話を戻され、殿下の口からそんな言葉を聞かされて恐縮する。

「彼は俺なんか相手にしないと思いますよ。どちらかと言うと煙たがられているようですし。ゲレ岳に登っている間は先輩騎士として頼られている感じはありましたが。地上に戻ればこれまで通り敬遠されそうです」

「きみは彼をまんざらでもなく思っているだろう？」

ズバリ言い当てられて、咄嗟に否定できなかった。殿下には嘘はつきたくない気持ちもあるが、なにしろ恋愛に関して経験値が低く、どうしようもなく不器用なのだ。

「わかりますか」

仕方なく、頭を搔きながらじわじわと認める。

「長い付き合いだからな」

好みのタイプもわかるとさらっと言われ、まいったなと苦笑いするしかない。

「私の場合は、丘の上で会った美しい吟遊詩人が初恋の相手で、だからシリルの絵姿を見たとき、似ていると思って目が釘付けになり、以来気になる存在になった」

殿下は感慨深そうに言った。

あのときの吟遊詩人とシリルが似ていたということか。

そう聞くと、幾重にも重なり合った縁の深さに、なんらかの必然性があるのではないかと、意味を見出したい気持ちになる。

「今夜きみを呼んだのは、私に遠慮する必要は全くないと伝えたかったからだ」

テラスを後にする前に殿下はきっぱりと言い、「わかったな?」と珍しく強い口調で念押ししてきたのが印象的だった。

＊

伯爵邸が近づくにつれ胃がもたれたように気持ちが悪くなってきたが、ここで逃げても仕方がないと覚悟を決め、五日間ろくに着替えもしていない埃だらけのなりで門扉を潜《くぐ》った。

「これはこれは、シリル様」

連絡もせず、突然二年ぶりに帰省したシリルに、老齢の執事は困惑を隠さない。

「申し訳ございませんが、旦那様にお伺いして参りますので、しばらくこちらでお待ちいただけますでしょうか」

伯爵の許可がなければ屋敷に入れることもできないという、他人行儀な態度だ。

玄関広間の端にある狭い予備室に入れられ、堅い木製のベンチに座って待つこと半刻。ただでさえ疲れが溜まっている中、手持ち無沙汰のまま放置されて、うつらうつらしかけた頃に長兄が現れた。

伯爵そっくりの大柄な筋肉質の男性アルファだ。体毛が濃く、野生みの強い顔立ちをしており、性格も荒っぽい。子供の頃から全く気が合わず、顔を見れば絡んできて面倒臭いので、なるべく避けるようにしている。

「なんだ、そのみっともなく薄汚い格好は。久しぶりに帰ってきたと思ったらそれか」

開口一番に罵倒され、虫ケラを見るような侮蔑的な顔をされる。

「ああ、すみません。今日の午後ゲレ岳から下山してきて、その足で翼竜を無事捕獲できたと父上にご報告に来てしまいました。一刻も早くお知らせしなければと思いまして」

口調は丁寧だが、この兄に遜《へりくだ》る気にはなれず、取り澄ました態度で淡々と説明する。

やたらと自意識が強く、伯爵家の跡取りである自分は敬われてしかるべきだと傲岸に信じている長兄にしてみれば、許しがたい対応だっただろう。

「相変わらず不遜で生意気な男だな」

いきなり太い指で両頬を摑まれ、歯を砕こうとするような勢いで締め付けられる。口を嘴《くちばし》のように突き出さされ、顔が歪む。それでも言葉一つ発さず、睨みつけられても目を逸らさず見返した。言い返したり制止したりすれば、ますます図に乗るだけだと知っている。

「フンッ。可愛げのかけらもない！」

思ったような反応がなくてつまらなかったのか、頬を万力《まんりき》のように締め付けていた指を離すと、忌々しげに胸板を突き飛ばしてきた。

体格差は歴然だが、こちらも騎士団で鍛《きた》えており、この程度のことで体勢を崩したり、怯えたりするほど柔ではない。

「それで、翼竜は捕まえたのか」

「ええ。来月からは翼竜騎士として陛下にお仕えします」

「……フン。おまえみたいなやつにも務まるとは、案外たいしたことないようだな、翼竜騎士団とやらも。父上もさぞかしがっかりされるだろうよ」

「がっかりされようがされまいが私にはどうでもいいことです」

ぴしゃりと言う。

「なんだと？」

太い眉を怒らせ、凄まれたが、顔色も変えずにやり過ごす。

「私は約束さえ守っていただけたらいいんです。二度と私にオメガ化を伴う縁談を強要しないと、はっきりお約束いただきたくて、取るものもとりあえずここに来ました。父上にご報告したらすぐ出ていきます」

「あいにくだったな。父上は今ご不在だ。晩餐までには戻られる。それまで待つか、もしくは出直すか、どうする？」

ここまで来て、この全く信用ならない長兄に重要な伝言を頼むのは躊躇われる。面と向かって報告し、伯爵から約束を果たすという言葉を聞かなければ、気持ち的にこの件を終わらせられそうになかった。

「待たせていただきます」

できることならすぐにでも出ていきたかったが、仕方がない。もしかすると、これも伯爵の嫌がらせで、本当は居るのではないかと一瞬疑ったものの、言っても否定されるだけだ。諦めて待つことにする。

「ほう。その汚い姿で父上と会うつもりか」

薄笑いを浮かべ、蔑《さげす》む眼差しでさっそく意地の悪いことを言ってくる。

ずっとこんな扱いを受けてきたので、いちいち傷つきはしないが、気分がいいはずもない。いくつになっても成長しない男だなと内心呆れつつ、淡々と応じる。

「私の部屋、まだありますか。あればそちらで支度させていただきたいのですが」

もしかすると、とうに物置にでもなっているかもしれない。伯爵に逆らって勝手に近衛騎士団に入団した腹いせに、そのくらいの報復はされていてもおかしくないと思ってはいたが、案の定だった。

「悪いな。おまえがこの二年あまり、何度帰ってこいと手紙を送っても用事があって帰れないの一点張りだったから、父上がお怒りになって片付けてしまわれた。支度がしたければ、使用人部屋の空いているところを使ってもらうしかない。まさか、来賓用の部屋に通せなどと厚かましいことは言わないだろうな？」

絶対にわざとだ、とこの時点で確信する。

指示をしたのは伯爵だろう。幼稚な嫌がらせだ。シリルがいきなり訪ねてきた段階で、翼竜捕獲に成功したことは察しがついているはずで、それが面白くないものだから最後に徹底していびり、屈辱を味わわせようという魂胆が透けて見える。

べつに使用人部屋でかまわない、と返事をしようとした矢先、開け放たれたままの予備室の出入り口に近づいてきた人物から声が掛かった。

「あら。それなら私の部屋を使うといいわ」

ふわりと漂ってきたきつめの香水の匂い。しなやかな猛獣を思わせる、なめらかで引き締まった体つき。濃い化粧が映える派手な顔立ち。久々に顔を合わせた伯爵夫人は、相変わらず目が覚めるほどの美貌と強烈な存在感で、姿を現しただけでその場を支配した。

これぞアルファ、という印象の、豪傑な女性だ。

今まで偉そうにふんぞり返っていた長兄が、巨軀を縮めて急に小さくなったようだった。

「ずいぶんご無沙汰だったわね、あなた」

伯爵夫人はシリルのことをめったに名前では呼ばない。もしかしたら、名前など覚えていないのかもしれない。本気でそう思いたくなる。要するに、自分のこと以外には興味がない人なのだ。

「申し訳ありません。忙しくて」

「そのようね。私も忙しくて、これから出掛けるところ。その前に一目会えてよかったかも。少し見ないうちにまた綺麗になったわね」

伯爵夫人はすっと目を細め、妖艶に微笑む。

「思い出すわ、あの人を」

誰と聞くまでもなく、吟遊詩人だったという行きずりの浮気相手のことだろう。向かいで長兄が拳《こぶし》をブルブル震わせている。母親を恐れているらしく、言いたいことがあっても言えずに憤懣《ふんまん》を抑えているのかが察せられる。

「お出掛けですか」

「ええ、しばらくね。あなたは、いつまでいるの？」

「用事が済んだらすぐ出ていきます」

「あらそう。でも、確かにその姿は残念すぎるわね。私の部屋にある衣装、どれでも好きなものを着ていいわ。入浴の手伝いもするようにメイドに言っておく」

伯爵夫人は普段たいてい男装している。今もそうだ。

言うだけ言って「じゃあね」と踵《きびす》を返す。

時間にすると僅かなものだったが、その場の雰囲気を一変させ、長兄から毒気を抜いて去っていった。伯爵と相対しても一歩も譲らず、ときには圧倒するほどの女性だ。長兄など眼中にないことが露骨に態度に出ていた。伯爵もこの女を従わせるのは無理だと匙を投げていて、好きにさせているようだ。

「……勝手にしろ」

長兄は一言言い捨てると、入ってきたときの尊大さはどこへやら、逃げるように出ていった。

入れ違いに伯爵夫人付きのメイドが来て、こちらへどうぞ、と部屋に案内してくれた。

おかげで五日ぶりに温かいお湯に浸かり、髪まで洗ってすっきりすることができた。

伯爵夫人には母親らしいことは何もしてもらった記憶がないし、この家で味方になってくれているかと言うとそれも違う気がするが、今回は気まぐれに救われたのは確かだ。人柄も、尊敬まではしないが、嫌いではない。自分の子ではない次兄にも、長兄やシリルと同様に接するところはいいと思っている。単に関心がないだけかもしれないが。

隣接している衣装部屋には山ほど男装用の服があった。

その中から比較的簡素なシャツとスラックス、ジャケットを選び、髪は後ろで一括りにした。

着飾るのはそもそも好きではないし、ことに伯爵と会うときはフリルやリボンやレースといった華やかな要素は取り入れたくなかった。見た目がオメガっぽいと自覚しているだけに、それを強調させるものは避けるようにしている。派手好きの母親の服の中からそうしたものを探すのは一苦労だった。

伯爵と次兄とは晩餐の席で顔を合わせた。

長兄も含めて皆、すでに着席しており、シリルが晩餐室に入っていくと、元々固かった場の空気が、いっそう張り詰めたものになった。

執事が皆から離れた下座の椅子を引く。

座る前に、立ったまま挨拶《あいさつ》をする。

「来期から翼竜騎士として、公務に励ませていただくことになりました」

誰も何も言わず、シンとした、重たい空気が満ちている。

居心地が悪すぎて、次兄などはソワソワしていた。

なんならもう、席に着かずにこのまま帰りたい気分だったが、そうなるように伯爵や長兄が仕組んでいると思うと、生来の負けず嫌いな性分が出た。逆に居座って嫌がらせしてやろうと、黒いことを考える。我ながら性格が悪いと思うが、どうしても意地を張りたいときはある。今がまさにそうだった。

優雅に腰を下ろすと、次兄がほうっと安堵したような息を洩らした。事なかれ主義で、いささか気の弱いところのある次兄は、常に伯爵と長兄の顔色を窺い、保身のために皆と同様の態度を取り、諂《へつら》う。誰も見ていないところでは、シリルに対しても機嫌を取るような言動をしてくる。ともすれば長兄より好きになれない人物だ。

二人いる給仕が粛々と料理を運んでくる。

かちゃかちゃとカトラリーが皿に当たる音だけが、無言で静まり返った晩餐室に響く。息が詰まりそうだったが、空腹だったので、食は進んだ。

伯爵も長兄も苛立っており、いつにもまして食べ方が荒々しい。気を紛らわすように酒をがぶ飲みし、グラスを叩きつけるようにテーブルに置き、給仕たちを怯えさせる。次兄に至っては、砂を噛むようにただ口を動かしているだけといった感じで、味などわかっていないのではないかと思われた。

気まずい雰囲気のまま食事が終わり、あとは食後の飲み物だけという段階になったとき、執事が恐縮した面持ちでやってきた。

両手で、手紙を一通載せた小さな銀盆を恭しく持っている。

「お食事中失礼致します。ただいま、こちらが皇太子殿下より届けられました」

「なんだと。見せろ。早く！」

ざわっと皆が気持ちを乱すのが伝わってきた。

シリルにとっても予想外の展開で緊張した。殿下が何を言ってきたのか気になる。タイミングがタイミングなだけに、シリルの翼竜騎士就任と無関係ではないと推測された。

封筒をペーパーナイフで切り開き、厚みのある便箋を取り出す伯爵の太い指に、皆の視線が集まる。

伯爵は殿下からの書簡に目を通すと、いきなりシリルに顔を向け、腹立たしげに睨みつけてきた。

「あの、父上。殿下はなんと……？」

長兄が遠慮がちに聞く。

「ボワイエ伯爵家から栄誉ある翼竜騎士が出たことを祝す、とありがたいお言葉をいただいた」

依然としてシリルに険しい視線を据えたまま、自棄《やけ》を起こしたように言う。

「おお。それは、また」

この場合、どう相槌《あいづち》を打てば伯爵の機嫌をこれ以上損ねないのか咄嗟に判断がつかなかった様子で、長兄が意味をなさない言葉をぎこちなく連ねる。

殿下がわざわざそんなお言葉を……。にわかには信じられなかった。

結論が出るまで待つと仰《おっしゃ》られた、とは聞いていたが、さすがに二年も経てば、そんな約束をしたことはおろか、縁談があったことすら忘れておられるのではないかと、心の片隅で期待していた。相手は皇太子殿下だ。公務でお忙しくされている上、縁談はあちらこちらからひっきりなしに来ているはずで、無礼な条件付けをした、会ったこともない伯爵家の三男をそうそう記憶に留めているわけがない。アルファ同士の縁談という珍しさに一瞬興味を引かれたとしても、よくよく考えれば面倒なだけだし、周りもあえて勧めはしないだろう。

しかし、殿下は想像以上に誠実で律儀な御方だったようだ。

それだけではなく、伯爵家におけるシリルの立場も察していらっしゃるらしく、手紙一枚で殿下自ら翼竜騎士としてのシリルの身分を保証してくださった。

ありがたすぎて、涙が湧いてきそうになる。

同時に、いくら突っ張ってみせても、自分は本当はそんなに強くない、自覚しているよりずっと脆《もろ》いんだなと思い知らされる。

殿下は評判通り人として敬愛できる素敵な方のようだ。

己のアルファとしての矜持を守りたいと頑《かたく》なになるあまり、一度も会わずに縁談を突っぱねた自分が浅はかに思えてくる。

今さらすぎることに、それ以上は考えないようにしたが、殿下ご自身に一度も拝謁しなかったことに申し訳なさと不敬さを感じると共に、早計だったかもしれないと僅かな後悔が芽生えたのは否定できなかった。

3

パーン、パーン、と空に祝砲が上がる。

国王陛下が玉座に座し、王妃をはじめとする側室たち、そして皇太子殿下を筆頭に王子二人と王女三人が列席する中、新たな翼竜騎士の入団式が、華やかに執り行われた。

「昨年は一人も入団しなかったから、祝典を観るのは二年ぶりだ」

「今年は二人だそうだ。すげぇよな、翼竜を捕まえて言うことを聞かせるなんてさ」

王宮前広場には事前の抽選で招待された人々が国中から集まっている。

「それでは、新しく入団した騎士を紹介します」

式典を進行する副団長の声が朗々と響く。

「シリル・ボワイエ」

名を呼ばれ、打ち合わせ通りに階段を三段上がって演台に立つ。

わああ、と歓声が上がり、予想以上の大きさに気圧されかけた。度胸はあるほうだと自負しているが、大勢の注目を浴びるのは不慣れで、苦手だ。できればひっそり目立たないように生きていたい。

前にもそう言って、リュオン・ノエ・ルフェーブル騎士長に鼻で笑われたのを思い出す。笑われるのも、もっともだ。翼竜騎士が特別な存在だということは承知していたが、ここまでもてはやされるとは思っていなかった。世間知らずと馬鹿にされるわけだ。

「女の人？　それか、オメガ性？　すっごい綺麗！」

前列に並んだ若い女性が目を輝かせ、興奮した表情で隣の男性に聞く。

「いやぁ、違うだろ。翼竜騎士はアルファかベータの男ばっかりだ。今年の新人がそんな特殊なら、絶対もっと話題になるはずだ」

「それもそうだね。でもほんと綺麗～。式典服似合いすぎ～」

どこからか、男装の麗人みたい、などという声も聞こえた。

「デヴィット・ゴティエ」

続けて呼ばれたデヴィットがシリルの隣に並ぶ。

広場の歓声はまた大きくなった。

デヴィットはシリルより頭一つ分背の高い、落ち着き払った男だ。浮ついたところのない実直な人物だと言われている。見た目も地味で、表情が乏しく、寡黙で、何を考えているのかわかりにくい。大変な努力家で、時間があれば本を読んだり、武道場で一人稽古したりしているようだ。

団長が出てきて、二人に翼竜騎士の証《あかし》である徽章《きしょう》を授ける。

おのおの式典服の胸元に付け、正式に騎士団の一員となった。

そこでシリルたちは演台を下り、広場を見下ろす塔のてっぺんに移動する。

狭い螺旋《らせん》階段をぐるぐると上っていく間に、演台では団長が式典に付きものの挨拶を始めていた。

塔のてっぺんに着いても、団長の挨拶は続いており、締めはまだ先のようだ。

その間にシリルたちは、飾りの多い式典服から、用意されていた制服に着替える。顎で留める風除けの帽子と、ごつい眼鏡も着けた。デヴィットが何か気になる様子で三つ編みを見ていることに気がついたが、目が合うと黙って視線を逸らしたので、こちらからは何も言わなかった。

団長の挨拶は、観衆にだるそうな空気が広がりかけた頃、ようやく終わった。

それでは、ここで……と副団長が厳《おごそ》かな声を出す。

陛下が玉座から立ち上がる。皆、固唾を呑んで見守っている。

いよいよだ。傍のデヴィットと視線を交わす。冷静そのものの眼差しが心強かった。

空に向かって陛下が王笏《おうしゃく》を翳《かざ》す。

お披露目開始の合図だ。

「グウェナエル！」

「来い、アドン」

揃って空に向かって叫ぶ。

それぞれの騎竜が矢のような速さで飛来し、高度を下げて降りてくる。

デヴィットの騎竜は赤銅色をした、首が長めの翼竜だ。全体的にひょろっとしているが、羽ばたきは力強い。初めて見たとき、すぐに、デヴィットらしい翼竜だと思った。しっくりくるというか、まさにこの翼竜で間違いないというか。後でその感想を本人に伝えたら、デヴィットも同じことをグウェナエルに対して感じたと言う。騎士と竜を運命のつがいというのはあながち間違いでもないのかもしれないと、あらためて思った。

二頭の翼竜が人々の頭上でぐるっと旋回する。

いっぱいに広げた翼の大きさ、美しさ、飛行のなめらかさに、どよめきが起きた。

どちらの翼竜もそれぞれに素晴らしく、人々を魅了するに十分な勇姿を見せつける。

やがて、二頭は塔の方にやってきた。

タイミングを計り、躊躇《ちゅうちょ》せず塔の上から飛び降りる。

グウェナエルがぐぃんと飛んできて、正確に背中で受け止める。

わっ、とまた広場が沸いた。

直後にもうひと沸きして、デヴィットもアドンに乗ったことがわかった。

今度は騎乗した状態での飛行を、陛下たちのいる貴賓席と、広場にぎゅうぎゅうに集まった人々の前でしてみせる。

グウェナエルとの息もピッタリだ。翼竜が飛行を心から楽しみ、皆の前で誇らしげにしていることが伝わってくる。一体になって飛んでいる感覚が爽快で、大勢の観衆がいることも忘れ、高揚した。

翼竜騎士団の入団式伝統の飛行披露が最高に盛り上がるのはここからだ。

これまでの何倍ものざわめきが下から地鳴りのように響いてきた。

左右後方上下に先輩騎士たちが翼竜に騎乗して現れる。翼竜騎士団の中でも特に飛行技術に優れた選りすぐりの八騎士だ。

入団したばかりの二騎と合流し、十頭の翼竜をそれぞれが駆って、あっという間に見事な編隊飛行を繰り広げる。

翼竜同士をギリギリまで近づけ、全騎同じ速度で飛び、空に巨大な円を描き、滑るように配置を変えて変形する。まだこれから本格的な訓練を受ける二騎をフォローして速度を調節し、観衆を失望させない高い操縦術を見せ、魅せる。

十騎の中の一騎として自分がこの場にいることが信じられない気持ちだ。まさに歓迎飛行だった。下からは至近距離に固まって飛行しているように見えるかもしれないが、実際は一騎一騎それなりの距離を空けており、言葉を交わすのは不可能だ。

編隊の隊長騎は騎士長のリュオンで、モルガンとの息の合った飛行は翼竜騎士たちが見ても惚れ惚れするほど見事で、気持ちよかった。

モルガンの威風堂々とした姿、大きさは群を抜いており、まさに他の翼竜を従えて飛んでいるという印象だ。

操るリュオンも普段の数倍凛然としていて、文句のつけようもなくかっこいい。

皆と同様に帽子と眼鏡姿で、表情が出るのは口元だけだが、きりりと結ばれた唇に編隊を預かる強い意志が表れている気がして、安心感を覚えた。

今日からこの先輩たちと共に任務を遂行するのだという連帯感、誇り、自負心を肌で感じた貴重な飛行披露だった。多くの騎士がこの日を明瞭に記憶していると聞くが、それも納得だ。忘れられるはずがない。

最後は一人ずつ、演台の背後の芝地に高度を限界まで下げさせた騎竜から飛び降りて着地し、騎竜はそのままそれぞれの棲家に飛び去っていった。

十騎士全員で演台に上がり、割れんばかりの拍手をもらう。

帽子と眼鏡を外した騎士たちの顔は晴れがましくも引き締まっており、浮かれた様子は微塵《みじん》も窺えない。こうしたストイックさもまた観衆にはたまらないだろう。

一番端にデヴィットと並んで立ち、少し上がった息を目立たないように整えつつ、もっとうまく翼竜を操れるようになりたい、体力をつけたい、と意気込みも新たにしていた。

そんな中、ふと刺すような視線を感じた気がして、目だけ動かしてそちらを見た。

大勢の群衆が興奮冷めやらぬ様子で演台に並ぶ十騎士を見ている。頬を赤らめて隣の女性と声高に話す娘、腕を振り、口笛を鳴らす若者、肩を並べて穏やかに見ている夫婦らしき男女等々、その場にいて違和感のない人々ばかりだ。異質な雰囲気の人物は見当たらない。

……気のせいか。

さっきは確かに肌に突き刺さるような、ヒリヒリする感じを受けたと思ったのだが。

「どうかしたのか」

隣に立つデヴィットに声を潜《ひそ》めて聞かれる。

「なんでもない」

自分自身納得しきれていなかったが、別段怪しい人間がいたわけではない。デヴィットもそれ以上追求してこなかった。

二年ぶりに新たな翼竜騎士二名を迎えた入団式は、大盛り上がりのうちに幕を閉じた。

入団式を経て正式に翼竜騎士団の一員となった後に待っていたのは、訓練に明け暮れる日々だ。

今はたまたまどこの国とも争いが起きていない平和な時代だが、いつ何時情勢が変わるやもしれない。北方に位置する二国間では長らく紛争が続いており、大国として知られる我がベルトラン王国にも火の粉が飛んでくることがあるやもしれない。平時は王室警護や式典に華を添える一団だと認識されているが、有事の際には国防の一翼を担う重要な役割がある。

入団したての平騎士は初めの一ヶ月間は警護の任務には就かず、ひたすら座学と実技の訓練を受ける。休みは五日おきに一日で、それ以外の日は朝八の刻から午後四の刻まで教務官の指導の下カリキュラムをこなす。訓練終了後は基本自由に行動していいが、シリルもデヴィットもたいてい夜遅くまで図書室か武道場にいる。

べつに張り合っているわけでも、示し合わせているわけでもなく、したいようにしていいと言われたら、じゃあもう少し学習や訓練を、としか考えられない堅物が揃ったというだけの話だ。ある意味不器用というか、面白みがない点において似た者同士のようだ。

「今年の新人は真面目すぎて話し掛けづらい、と一部の騎士たちが引いているらしいぞ」

朝食の際、食堂で一緒になったリュオンに揶揄《からか》うような調子で言われた。

リュオンと話をするのは実にゲレ岳の麓で別れて以来だ。

騎士長のリュオンは指揮官クラスで、訓練を共にすることはなく、宿舎の部屋も特別棟にあり、わざわざ食堂に来なくても部屋まで食事を運んでくれる小姓付きの身分だ。実際に入団して、他の騎士たちのリュオンに対する畏まった態度を目の当たりにするにつけ、怖いもの知らずに気安い口を山ほど利いたことにそっと青褪《あおざ》めた。

だからと言って、急にしゃちほこばるのも抵抗があり、姿を見かけてもこちらからは近づかないようにしていたし、リュオンもたいていい誰かと一緒だったので、用もないのに平騎士に話し掛けるわけにはいかなかったようだ。

その日は午前が空き時間で、いつもより遅めに食堂に来ていた。

人はまばらで、同じテーブルに着かなくても、他にいくらでも空いている席はある。にもかかわらず隣に座られ、久しぶりだったこともあって柄にもなく緊張した。

「そうですか」

翼竜捕獲のときのことは済んだことなので仕方ないとして、今後は接し方に気をつけたほうがいいだろうと考えていたところだ。そこに不意打ちのように寄ってこられたものだから、妙にぎくしゃくしてしまう。性格的におもねることが苦手で、気を遣うとかえってそっけない印象になりがちなのも、昔から誤解されやすい要因の一つのようだ。

リュオンはそういう性格をわかってくれているらしく、誤解してムッとすることはなかった。相変わらず無駄にツンケンしていると思ったのか、おかしそうに口元を緩める。

「せめて俺にはもう少し友好的な態度を取ってくれてもよさそうなものだが。一緒にゲレ岳に登った仲だろう」

「……どんな仲ですか」

せっかくこちらが階級差を考えて遠慮しようとしているのに、当の騎士長殿にぶち壊しにされたらどうすればいいのだ。そっちこそ身分を弁《わきま》えろ、と言いたくなる。

「私なんかが騎士長と親しげにしていたら、それこそ一部の先輩方に引かれます」

先ほどのリュオンの言葉に対抗して言ったわけではなく、現に昨日も「調子に乗るなよ、新人」「ルフェーブル騎士長にどうやって取り入ったんだ」と人気のないところで数人に絡まれたのだ。

「なんのことですか」と精一杯穏やかに返し、返事も待たずにとっととと退散したが、そうか、そんなふうにやっかむ連中がいるのか、いるよな、と認識不足に気づき、いよいよもってリュオンとは距離を置かねばと思った。

「ああ？　ひょっとして誰かに何か言われたのか？」

リュオンの表情が心持ち険しくなる。本当にこういうところは勘がよすぎて面倒臭い。この程度の恫喝《どうかつ》でおたおたするほど柔ではないので放っておいてもらいたかった。

「私の髪型が気に入らない方がいらっしゃるようです」

かといって、嘘をつくのも嫌なので、話を微妙に逸らした。別の先輩騎士から、長すぎる、翼竜騎士らしくない、などといちゃもんをつけられたのも事実だ。

「そういえば、まだ切ってないな」

幸いリュオンはこの話題に乗ってきた。翼竜騎士団に入ったら切るつもりだと前に話したのを覚えていたようだ。

「切るんじゃなかったのか」

「まぁ、そのうち」

歯切れの悪い答え方をしてしまう。実を言うと、騎士団に無事入団して、父親にもその報告を済ませた時点から、髪を切ることへの拘《こだわ》りが薄れていた。要するに、これもまた意地の表れだったようだ。自分の意思で好きにできるとなったら、べつにこのままでもいいか……と思い始め、髪型がどうのと言われたことで逆に切りたくなくなった。

「俺は今のままのほうが好きかもしれない」

さらっと、本当にさらっと、ぼんやりしていたら聞き逃したのではないかと思われるくらいの軽い口調で言われる。

え、とリュオンの顔を見る。

リュオンはすっと目を逸らし、取ってつけたように「さてと」と切り上げるそぶりを見せて立ち上がった。

「俺はこれから野暮用だ。またな」

またな、って。

またはなくていい。周囲の目があるからもう友達みたいな軽いノリで話し掛けてくるな。そのうちあんたも困ることになるぞ。心の中でそう言ってやる。けれど、それよりもっと深い部分では、こうして構われるのは嫌ではないと思っている自分がいた。

「ルフェーブル騎士長、お茶だけ飲みに来たのか？」

入れ替わりに食堂に来たデヴィットが、出入り口付近でリュオンとすれ違い、礼儀正しい挨拶を交わし合ったあと、リオンの隣に置き去りにされたカップを見て聞いてくる。

デヴィットも同じく午前休で、朝食が遅れたのはひとしきり武道場で汗を流してきたかららしい。盆の上には大盛りの食事が載っていた。痩せているが筋肉質の頑健な肉体をしており、健啖家だ。

「ああ……言われてみれば、お茶だけだったな」

傍に来られたことにばかり気を取られ、他に目がいっていなかった。

「騎士長はよほどきみが気になるようだな」

デヴィットは淡々と言って、窓際のテーブルに一人で着く。

そうだよな、これが普通だよな。デヴィットを見てぼんやりと考える。

デヴィットの言い方には悪意も妬《ねた》みも感じなかったが、次に耳に入ってきた、わざと聞こえるように話す二人の声は不快な感情に満ちていた。

「ルフェーブル騎士長は特別待遇だからな。取り入ろうとするやつがいるのは珍しくないが、あそこまで露骨なのはあの新人くらいのものだろう」

「彼、近衛騎士団に入団した頃から騎士長に媚を売ってたらしい」

「それであの三つ編みで目立とうというわけか。笑えるな」

実際に乾いた笑い声が立つ。

「あいつ、聞こえてるくせにこっちを見もしないぜ」

「噂通り気の強いお嬢さんだなぁ」

何を言われても聞き流し、黙々と食事を進める。正直、構っている暇はない。これから日課の走り込みをするのだ。来月行われる大規模な合同演習に向けて、体も装備品も完璧に調えておく必要がある。午後からは所属する第一班のメンバー全員で街に出て、騎士団御用達《ごようたし》の武器店で、弓を自分に合わせて調整してもらうことになっている。

「チッ。ムカつくぜ」

ついに毒々しく悪態を吐かれた。

「おいおい、よさないか、きみたち」

そこに新たな声が加わり、思わず視線を向けた。

「あっ、ブラン曹長殿」

「お耳を汚してしまい、申し訳ありませんっ」

二人が起立して敬礼する。

あの二人は、レイモン・ブラン曹長の取り巻きだったのか。なるほど、と納得する。

レイモンの姿を見たのは入団式の前日以来だ。

結局、レイモンは後継の翼竜を捕獲することができず、入団式の前日に翼竜騎士団団長に予備隊への配置換えを言い渡された。そのことは皆承知しているはずだが、家格やらそれ以外の理由から頭の上がらない騎士たちが何人かいて、そうした連中を変わらず引き連れているらしい。本来であれば地位も下がるはずだが、王室の遠戚という強いカードが効いており、曹長のままだという。

この場は取り巻きの二人を窘《たしな》めるような格好を見せたが、実際はこの何倍もレイモンに憎悪されているのを肌で感じ、ザワッと皮膚が粟立《あわだ》つ。

あの後、グウェナエルに振り切られたレイモンは、悪運強く森の大木の枝に引っ掛かり、奇跡的に軽傷を負っただけですんだそうだ。本来は単独で挑まなければいけない決まりだが、違反して密かに取り巻きの騎士を連れてきていたらしい。今回はそのおかげで、その騎士がレイモンを探し出し、木から下ろしてことなきを得た。建前上はレイモンが自力で木から下りて戻ったことになっている。これもまた陛下の遠戚という身分への配慮だろう。ただ、騎竜を持たない以上、予備隊への配置換えは免れようがなかったわけだ。

この件でレイモンに目の敵《かたき》にされるのはどう考えても理不尽で、むしろ、恨みつらみを抱いてよさそうなのはこっちのほうだ。騎乗寸前まで心を通わせていたグウェナエルを横取りされそうになり、一歩間違えば転落死するところだったのだから。それでも、結果よければ全てよしとして、面倒回避のために事実は報告しなかった。そのことを感謝されるどころか、どうやら逆恨みされている模様で開いた口が塞がらない。

もしかすると、入団式典の終わりがけに感じた、刺すような視線も、レイモンからのものだったのかもしれない。式典当日はすでに予備隊の所属になっていたレイモンは翼竜騎士団のメンバーとしてあの華やかな場に式典服を着て出席することができず、一般観衆に交じって観ていたはずなのだ。

百歩譲ってレイモンの悔しい気持ちはわからなくもないが、我が身を標的にされるのは御免だ。今後とも油断せず、当たらず障《さわ》らずでレイモンの気持ちが落ち着くのを待つほかなさそうだった。

「よし、それではここで解散とする」

班長から達しがあり、街の武器店近くの広場で本日の任務は終了となった。

そろそろ夕刻が近づきつつあるが、まだ門限までは数刻ある。第一班のメンバーはいくつかのグループに分かれ、酒場や遊戯場に繰り出す模様だ。たまの息抜きは士気を高めるために必要とされており、班長も皆にその機会を与えるよう配慮してくれたのだ。

「シリル・ボワイエ。おまえはどうするつもりだ」

どこのグループにも入らず、というか、入れてもらえそうになかったし、自ら進んで入れてくれと頼みたくもなかったので、どうしようかと考えていると、班長が声を掛けてきた。

もう、皆、広場から移動してしまっている。残っているのはシリルと班長だけだ。

人は悪くないが、事なかれ主義で若干気の弱い班長のことは、嫌いではないが、一緒に行動するのは気が進まない。

「私は宿舎に帰ります。読みたい本がありますので」

「そうか。わかった。では気をつけて」

班長はほっとした様子で、酒場が並ぶ通りに向かって去っていく。

一人になって気が楽になったのはこちらも同様だ。幼少の頃から一人で何かすることには過ぎるほど慣れている。他人が思うほど孤独を感じはしないし、気を遣わないといけない相手に無理に合わせるよりずっといい。

班長にはまっすぐ帰るようなことを言ったが、せっかく街まで来ているのだからと考え直し、本屋を覗いてみることにした。

これだけ大きな街なら一軒や二軒すぐに見つかるだろう。

思った通り、広場のすぐ側に、品揃えのよさそうな、読書好きなら素通りできない雰囲気の本屋があった。

店内はほどよい混み具合だ。

だが、そこで予想外の人物を見掛け、思いがけず心を掻き乱された。

文学書の棚の前に、一目で良家の御令嬢だとわかる妙齢のレディと一緒にいるのは、リュオンだ。

見つけた途端、慌てて書棚の陰に身を隠していた。

考えるより先に体が反応して咄嗟に取った行動だった。普通に振る舞い、向こうが気づいたら礼儀正しく挨拶すればいいだけのことだったのに、なぜこんなに動揺したのか自分でもよくわからない。

一度隠れてしまったら、もはやさりげなく姿を見せるようなまねはできそうになかった。

そういえば、午前中、リュオンは野暮用があると言って食堂を出て行った。

確かに、これ以上ないくらい立派な野暮用だ。

やっぱり次から次に女性を紹介されるんだなと、なんともいえず複雑な気持ちになりつつ思う。もしかしたら女性には興味がないタイプかもしれないと推察したこともあったが、どうやらそんなことはなさそうだ。こっそり覗き見たリュオンの表情は、明るく楽しげで、彼女と一緒にいられて嬉しいと思っているのがはっきりと伝わってくる。

「これなんか、読みやすいよ」

掛ける言葉も甘く優しい。シリルと話すときとは全然違う。

「ああ、そちらも面白くておすすめだ。大事な人にぜひ読んでもらいたい、幸せな気持ちになれる話なんだよ」

レディの声は小さすぎて聞き取れないが、二人が仲睦まじく、とてもいい雰囲気なのはわかる。

これ以上本棚の陰に潜んで盗み見し続けるのはみっともない。自分がなんとなく惨《みじ》めな気もして、足速に本屋を出た。

今までこんな心情になったことはなかった。戸惑いを払拭しきれず、二人から離れても動悸が治らず、さらに息苦しくすらなってきた。

胸の内がたまらなくモヤモヤする。

宿舎までは距離があり、行きは皆で馬車に分乗してきたが、今はそれも頭に浮かばなかった。

よけいなことは考えまいとひたすら足を動かし、せっせと歩き通して帰ってきた。

だが、気持ちは一向に静まっておらず、これはもう、グウェナエルに忘れさせてもらうしかなさそうだった。

塔のてっぺんに上がり、空に向かって合図の指笛を鳴らした。

＊

もうここでいいわ、とイレーヌに意味深な顔つきで言われ、なんだやっぱり気付いていたのか、と舌を巻くやら照れくさいやらで苦笑する。

「お兄様のおかげで素敵な本を二冊も手に入れられたし、屋台の食べ歩きもできたし、大満足。最後

にあんな綺麗な翼竜騎士様も見られて、言うことなしよ。私は馬車でお屋敷に帰るわ。お兄様は気になさっていたあの騎士様を追いかけて」

「まいったな。いつから気が付いていたの？」

「最初からよ」

イレーヌは可愛らしく得意げな顔をしてみせる。

昔から聡明で茶目っ気のある従妹だ。

「お兄様がやたらと横目で棚の陰をご覧になるから、何かあるのかしらと思って私もさりげなく見ていたの。そしたら翼竜騎士団の制服をお召しになった綺麗な方が出ていらして、まっすぐ出入り口に向かわれたから、あらまぁ、ひょっとして私まずかったかしら、と思って」

「まずいって何が？」

往生際悪く聞いてみる。このまま、それじゃ、と飛び出していくのは、機会があるたびに年上の頼れるお兄さんという役回りに徹している身として面目ない。宿舎に戻ればシリルとはいつでも会えるし、話もできる。焦って追いかける必要はないと自分に言い聞かせた。本音はすぐにでも後を追い、何か誤解していないか確かめたいが、ここは久々に会った母方の従妹を優先すべきだろう。そもそもシリルが何を誤解すると言うのか。されたところで何が変わるわけでもあるまい。彼にとって俺は上官以外の何者でもないのだから。望みはないものと、自虐的に考える。

「彼はアルファの男性だよ」

「ええっ、そうなの？　でも、お兄様はあの方のこと特別な気持ちで見ていらっしゃる気がしたのだ

「……まぁ、まぁ、そうなんだが」

イレーヌには嘘はつけない。三つ下の妹のような存在の彼女は、なかなか鋭く、ごまかしても見抜くのだ。

「だったら、ここでうだうだしてないで今すぐ走って。お兄様ならまだ間に合うわ。どのみち私ももう戻らなくちゃいけないし。これからお風呂に入って、王宮での夜会にふさわしい装いをしなくちゃいけないのよ。髪を結って、ドレスを着て、お化粧して。とても時間がかかって大変なの」

「そうだったね。よし、では、馬車を捕まえよう。きみをそれに乗せたら、行くよ」

とりあえず最後まで責任を持ってエスコートしなければ、叔父叔母に面目が立たない。

「見失わない？」

「大丈夫。俺には彼がどこに行くかわかるんだ」

まぁ、とイレーヌは興味津々の眼差しで見上げてくる。

「そういう関係、いいわね。羨ましい」

「残念ながら、彼には俺の気持ちは伝わっていないけどね」

「そうかしら」

イレーヌは小鳥のように首を傾げる。

通りに出ると、角の手前に客待ちしている馬車が停まっていた。

イレーヌを乗せ、送り出す。

シリルが本屋を出てからずいぶん経っていた。少なくとも近くにはいないようだ。おそらくもう宿舎に帰ったのだろう。班単位で武器店を訪れることになっているのは知っていた。しかし、よもや従妹に呼び出された日が、シリルたちが街に出る日と重なるとは思いもよらず、本屋に入ってきたときには驚いた。偶然出入り口のほうに顔を向けていて、姿を現した途端その場が華やぎ、すぐ気づいた。本人は自覚していないようだが、訓練用の地味な制服を着ていてもパッと目につく。人目を引く存在感があるのだ。

本屋以外でシリルがあの後立ち寄りそうなところはないと踏み、馬車で宿舎に戻った。

宿舎に一番近い南の門の手前で馬車を降り、ふと空を見上げると、彼方からこちらに向かって飛んでくる翼竜が目に入った。

遠目にも、シリルの騎竜、グウェナエルだとわかる。

グウェナエルは翼竜騎士たちが騎竜に乗るとき使う塔の真上で一度ぐるりと旋回すると、優雅に降下していく。

目を凝らすと塔の端にシリルがいるのが見えた。

一瞬の躊躇もなく空中に身を投げる。

すかさずグウェナエルがシリルの下に滑り込んできて、正確に背中で受け止めた。

「相変わらず見事なコンビネーションだ」

目の上に手を翳して一部始終を見上げていて、小気味よさに笑みが溢れた。

「気持ちよく飛んでるな。見せつけてくれるじゃないか」

どうにも、ただ見ているだけではいられない気持ちになって、その場で鋭く指笛を鳴らす。

すぐにモルガンが滑空してくる。

本来は塔から飛び降りてキャッチしてもらって騎乗するのが基本だが、南の門を潜るとすぐ左手に演習用の広場があり、今の時間は誰も使用していないことを知っていたので、そこに降りてこさせた。

慣れたモルガンが心得た様子で地面スレスレまで近づいてくる。

一瞬でも頃合いを間違えたら大怪我をする危険な騎乗の仕方だが、モルガンとの信頼関係、絆は絶対だ。

ぐんぐん近づいてくるモルガンに合わせ、助走して飛び上がる。

モルガンが僅かに翼の付け根にあたる肩の角度を下げる。

次の瞬間には、モルガンの背に乗って飛んでいた。

「よし、ありがとうモルガン」

首を優しく叩いて礼を言う。

「おまえもそろそろまたあの綺麗な蒼い子と飛びたかったんじゃないか」

モルガンがふぉうと嬉しそうに一声発する。

「行こうか」

シリルを乗せたグウェナエルはもう目の前だ。モルガンの飛行速度は翼竜騎士団一だ。

気配に気づいたシリルが振り返り、大きな緑の目を驚きに見開くのが見て取れた。

＊

先に気づいたのはグウェナエルだった。

厚い皮膚の下の微妙な筋肉の動きで、何かが近づいてくるのを察知したのだとわかり、シリル自身も一呼吸遅れて背後に迫る気配を感じ、振り返った。

「せんぱ……っと、ルフェーブル騎士長！」

「そろそろ日が暮れてくるぞ。だが、絶好の風が吹いてるな」

振り返ってモルガンとリュオンを認め、びっくりして目を瞠《みは》った次の瞬間には、もう真横に来ていた。モルガンはグウェナエルを驚かさないよう高度を少し下げ、互いの右翼と左翼を上下にずらして重ねることで、騎手同士が話せる距離に位置を取り、その体勢を保ってぴったりとついてくる。

騎手のリュオンの騎竜技術が卓越しているのか、モルガン自身がすごいのか、何度見てもこのペアには舌を巻く。

グウェナエルも賢く、翼をほとんど動かさずに、十数本ある骨の角度調節だけで風を捉えて飛び続ける。モルガンとは目と目で意思の疎通を図っているらしく、他のどの翼竜と一緒に飛行するときより落ち着いていて、嬉しそうだ。相手を信頼しきっているのが伝わってくる。最初に出会った、騎士を乗せて飛ぶ翼竜がモルガンなので、グウェナエルにとっては特別な存在なのだろう。

「どうして騎士長がここにいるんですか」

てっきりまだ街にいるものだとばかり思っていたので、最初幻覚かと思った。

本屋でレディといるところを偶然見てしまい、自分でもよくわからない衝撃を受けたのは、つい一刻ほど前のことだ。気持ちを切り替えようとグウェナエルに乗ったら、夢か幻を見ているかのように本人が空に現れた。

予想外すぎて頭が真っ白になり、胸苦しさも、ジリジリと焼けるような心の痛みも、全部吹き飛んでしまった。何も考えられず、今まさに二人で、どこまでも続くピンクがかった空を飛んでいるという現実を、ぼんやり把握する。

「さっき街から戻ったら、グウェナエルがおまえを背中に乗せて飛ぶところがちょうど見えた。それで俺も飛びたくなってモルガンを呼んだんだ。いい風だと思ってな」

「えっ、あ、街……」

街と聞いてどう反応すればいいのか迷い、焦ってしまったのがそのまま声に出る。

リュオンが冷やかすような目をする。

「本屋にいただろう、おまえも」

気づかれていた！　恥ずかしさとバツの悪さで頰が上気する。

「声を掛けてくれたらよかったのに、おまえ、変に遠慮したんだろう。俺が珍しく女性連れだったものだから」

こちらが何も聞かぬうちから、隠し立てする気はないとばかりにずばずばと言われ、頭がついていかない。何を否定して、どこを肯定すればいいのか、咄嗟に判断できなくなっていた。

「彼女は俺の母方の従妹だ。母の妹の子で、イレーヌという。気になるなら紹介する……と言ってやりたいところだが、あいにく縁談が進んでいて、もうすぐ婚約することになりそうだ」

どこまで本気なのか、単に初めから揶揄われているだけなのかすらわからず、疑い深い眼差しを向けると、リュオンはふっと表情を真面目に引き締めた。

「念のため言っておくが、縁談の相手は俺じゃない。俺にとってあの子は可愛い妹みたいな存在だ」

「そう、なんですか」

そこまで聞いてようやく言葉が出てきた。胸の中に詰まっていた蟠《わだかま》りが溶け、重石が取れて身軽になった心地がする。

「……母方というと侯爵家ですか。確か、あなたが次期当主なんですよね」

自分でもがっかりするほど会話を続けるのが下手だ。口に出してから己に嫌気が差す。本当は他に聞きたいことがある気がするのに、あえてさほど興味のない方向に話を持っていってしまう。

「侯爵には跡継ぎの男子がいないから、長女の次男の俺におはちが回ってきた」

リュオンがさらっと答えてくれたのが救いだ。

「侯爵もお歳だから、俺もぼちぼち心づもりはしている」

「爵位を継いだら翼竜騎士団は辞めるんですか」

「辞めざるを得ないだろうなぁ。周りに気を遣わせるだろ、侯爵がいたら」

「まぁ、たぶん」

ゆったりと風に任せて並んで飛びながら話すうち、ゲレ岳で一緒だったときのようなざっくばらんな言葉遣いにお互いなっていた。

たぶん、と他人事のように答えたのがおかしかったのか、リュオンが声を立てて愉快そうに笑う。

「おまえは俺が王弟陛下の次男だろうが、侯爵だろうが、そんなことは気にせず、俺自身を見てくれそうだな。側に左右されず本質だけ見ようとする」

「いえ、そんな深い考えは、べつになく」

「おまえはそうかもな。そういうところも込みで、好きだぜ」

風に乗って好きという言葉が流れてきて、まるで耳元で囁かれたかのように聞こえる。

ドキッとした。ぼわっと顔に火がつく。

「話、少し戻していいか」

あらたまって前置きされると、身構えてしまい、緊張する。

「な、なんですか……？」

動揺を悟られまいと、突っ張った感じの受け答えになった。ありがちなパターンだ。

「俺がイレーヌといるのを見て、声も掛けずに本屋を出て行ったのは、少しは俺に関心があるからだと考えていいのか？」

「えっ。……どうしてそうなるんですか……」

また心臓が鼓動を速めだした。ドッドッドッと痛いくらいに動いて、思わず胸を押さえる。

「なんとも思っていないのなら、いきなり棚の陰に隠れたりしないだろう？」

「違います！」

慌てて、とりあえず否定する。それ以上言われたくなくて、発言を止めたい気持ちもあった。

「違うというか、その、確かに隠れましたけど、それは、先輩が女性連れで、見なかったことにしたほうがいいのかと思って、それで」

言葉がうまく出てこず、たどたどしくなる。言えば言うほど言い訳じみてくる気がする。

「まぁいい。で、結局俺のことはどうなんだ。本当になんとも思っていないのか？」

あまりのぎこちなさに聞いていられないとげんなりしたのか、まぁいい、と遮られ、話の主導権を取り返される。

「なんとも、って……」

そんなふうに追求されると返事に困る。

「そう悩むな。おまえが俺をどう思っているのか、よければ聞かせてほしいだけだ」

任務を離れて二人きりで空にいる今だからできる話もある。リュオンがしたがっているのはそういう話のようだ。

「何を聞いても怒らないと約束するから、正直に言ってくれ」

そこまで言われると、答えずにはすませられそうにない。

「近衛騎士団にいたときは、個人的に話す機会はほぼなかったので、先輩のこと実際にはよく知らなくて、端から見た感じだと苦手なタイプだなと思ってました」

正直に言っていいと促されたので、差し障りなさそうな範囲でぶっちゃける。

「でも、翼竜捕獲で五日間ご一緒してみて、先輩が判定役でよかったと心の底から思いました。今まで誰にも言わなかったこともなんとなく話せて、励まされたり、気持ちが軽くなったりしましたし」

話しだすと、素直に胸の内を晒すことに抵抗がなくなってきた。薄暗い洞穴だったり、翼竜と空を駆け巡りながらだったり、そうした特別な雰囲気に感化されやすいのか、普段は頑なな気持ちが緩むようだ。

「なので、先輩のことは、他のどの先輩方より身近に感じています」

それは取りも直さず特別な存在だと思っているのと同義で、言葉にしてから面映《おもは》ゆくなった。

「ただ、周囲にそれを知られると、いろいろ面倒なことになりそうだから、私から先輩に近づくのは遠慮しようと思っています」

「どういう意味だ、それは？」

あからさまに眉を顰《ひそ》められ、これは言わないほうがよかっただろうかと、ちらと後悔したが、すぐに、いや、と気を取り直す。今後のこともあるので、気付いていなかったのなら一度ちゃんと言っておいたほうがいいだろう。

「先輩は特別視されている自覚ありますか。皆の憧れで、親しくなりたいと思っている人がたくさんいて、誰かが抜け駆けするのをよしとせず、お互い牽制し合ったりしているみたいです」

「ああ、それはなんとなく知っている」

「だから……その、不遜な言い方になるかもしれませんけど、これからは皆の前で私に話し掛けないでもらえると助かります」

思い切って一気に言う。

リュオンは心外そうな顔をしたが、約束通り怒りはしなかった。

「……誰かに嫌がらせのような言動をされているのか？」

探りを入れるような眼差しで見据えられ、ごまかせなかった。

「今のところは、そこまで酷いことは面と向かって言われてないので、問題ないです。陰でどう言われているかは知らないですけど」

ここは意図的に感情を抑えて淡々と言う。実際、それほど堪《こた》えていないし、リュオンに介入してもらおうとは露ほども考えていない。むしろそれだけはやめてくれという心境だ。かえって拗《こじ》れて遺恨を残すことになるのが容易に想像できる。

誰に、という質問をされても答えるつもりはなかったが、リュオンはそこには触れず、何事か思案するようにしばらく黙り込んでいた。

やがて、いろいろ呑み込んだ様子でふっと溜息を洩らすと、いつも通りの、ちょっと不敵で自信に満ち溢れた表情で「飛ばそうか」と誘ってくる。

そして返事も待たず、モルガンの首をぽんぽんと叩いて行けと合図する。

待っていましたとばかりにモルガンが嬉々として一声吠え、風神の化身になったかのごとくいきなりトップスピードで飛んでいく。

「えっ、ちょ……っ、待って！」

慌ててグウェナエルに合図を送ったが、そのときにはもう賢い蒼竜はモルガンたちを追う態勢を整えていた。

引き離されてなるものかと楽しげに意地を出し、常に雄姿を見せつける憧れの先輩竜を追いかける。

まるで自分そっくりだ。

愉快になってきて、かつてない速さで風を切って飛ぶグウェナエルに身を任せた。

高度と方向はリュオンが乗るモルガンが決める。こちらはただ信じてついていくだけだ。グウェナエルもそのつもりでいることが動きでわかる。

長い三つ編みが背後で尻尾のようにたなびく。

夏に向かう前の一番快適な時期に、適切な高度をものすごい速度で飛ぶのは、かつて経験したことのない爽快さと愉快なスリルに満ちていた。

ちょっとした蟠りや迷いなど一瞬でどこかに行ってしまう。

そうだ。これが欲しくて、この解放感を味わいたくて、そもそもグウェナエルを呼んだのだ。

飛び始めるやいなやリュオンとモルガンが空に来て、最初は予定外の状況になったと困惑したが、結果的にグウェナエルとだけの単独飛行では叶わなかった空の散歩を楽しめている。

おそらくモルガンは途中から速度を緩め、若くて経験値の低いグウェナエルが無理せずついてこられるよう配慮してくれていた。

おかげでグウェナエルも疲労を最小限に抑え、いつまでも飛び続けられそうなペース配分ができている。グウェナエルにとってモルガンは飛び方の教官でもあるようだ。

次第に空の色が淡い薔薇色から、紺を混ぜた橙色《だいだいいろ》へと変わっていく。

もうすぐ日が暮れる。

モルガンとリュオンにただついてきただけだったので、今飛んでいるのがどの辺りなのか、王宮のある都まで完全に日が落ちる前に戻れるのか、恥ずかしながら把握できていなかった。

モルガンが速度を緩めだす。

リュオンが振り返り、隣に来いと腕を振る。

グウェナエルを前に行かせ、モルガンの横につけさせた。

「この先にアルプの村がある」

「アルプ？　東の国境の村じゃないですか！」

まさかそんなところまで来ていたとは思わず、つい叫んでしまった。近隣の町や村を統括して治めるのは東方の辺境伯ジラール卿だ。

「今夜はジラール卿の城に泊めてもらおう。久々の自由飛行にモルガンが喜んでいたものだから、つい飛ばしすぎた。こいつだけなら宿舎の門限までに帰ることも可能だが、グウェナエルには相当な無理をさせることになる。来月の合同演習に備えて騎竜の体調管理は騎士の務めだ。ここは俺が責任を取る。団長に遣いをやって事情を説明し、外泊許可を得るから心配するな」

「あの。調子に乗ってしまった私も悪いんですけど、騎士長と二人で外泊なんて無理です」

悪目立ちもいいところだ。さすがにこれは誰が聞いても鼻白むだろう。贔屓《ひいき》、特別待遇、取り入った、媚を売った、計算高い、狡い、生意気、空気を読めない痛いやつ等々、言われそうな罵詈雑言がいくらでも出てくる。

「おまえ一人で帰れるのか？　夜の飛行は危険だ。グウェナエルの負担は相当なものだぞ」

そこを突かれると弱い。ぐっと言葉に詰まる。

自分はどれほど疲れても自業自得だからかまわないが、グウェナエルにまで無理をさせるのはかわいそうだ。それくらいなら、皆の軽蔑や嫉妬や憎悪を潔く受け止めるほうがいい。どうせ元々よく思われておらず、何もしなくても嫌われているようなので、今さらだ。そう考えたら開き直れた。

「わかりました」

「よし。じゃあ降りるぞ。ついてこい」

村の外れに閉鎖された鉱山があり、昔集積場になっていた広い場所で翼竜から降りる。二頭はそのままいずこかへ飛んでいき、すっかり藍色に染まった空に吸い込まれるように姿を消した。

＊

己の名誉にかけて誓うが、決してわざと二人で外泊する流れに持っていったわけではない。

あまりにも二騎連れ立っての飛行が楽しすぎ、立場も責務も忘れ、没頭してしまった。

全面的に自分に非がある。巻き添えにしてしまったシリルのことは、何がなんでも守り通す。

東の国境を国王陛下の命により任されたジラール卿は、現在の王朝がベルトラン王国を建国した当初から忠誠を捧げてきた、いわば国王の盟友的存在だ。めったに都に出てくることはないが、五本の指に入る大貴族として知られている。

王弟陛下とも昵懇《じっこん》で、その次男であるリュオンのこともよくご存知だ。実際に会うのは十代の頃に父のお供で辺境伯の城を訪ねたとき以来だが、急な訪問にも喜んで門を開けてくれた。

「しばらくお目に掛からないうちに、たいそうご立派になられましたな」

老齢に手が届きかけながらも、鍛え上げた体軀に隙のない身嗜みで、気品のある堂々たる佇まいをしたジラール卿は、孫を迎えたかのごとく目を細め、歓待してくれた。

「ご無沙汰しております、おじ様」

抱擁し合い、互いの背中を撫でるように叩き合う。

「そちらは騎士団のお仲間かな」

続けて、後方に遠慮がちに佇んでいるシリルに視線を転じる。

シリルがピシッと踵《かかと》を打ち鳴らして騎士団式の敬礼をする。

「シリル・ボワイエと申します。夜分に突然お邪魔して申し訳ありません。お世話になります」

「なに。気にされることはない」

ジラール卿はシリルをじっと見つめ、懐古に浸るような眼差しをした。

「ボワイエというと、伯爵家のボワイエか」

「はい。三男です」

「そうか。伯爵夫人は存じ上げている。なかなか活発で剛毅なレディだ。シリル殿もいくらかその傾向がおありのようだな」

「そ、そうでしょうか」

シリルは恐縮し、顔を伏せ気味にする。無鉄砲な行動をして辺境伯に迷惑を掛けたことを暗に示唆されたのだと思ったようだ。

ジラール卿がそんな持って回った言い方をする性格でないことを承知のリュオンには、別の意味があるように聞こえた。

「まずは入浴して寛がれるとよかろう。部屋に案内させる。隣り合った客室でよいかな」

「もちろんです。ありがとうございます」

シリルも当然否はないようだ。はい、と神妙に頷く。

客室は二階の東翼に位置していた。部屋同士の間に共用の浴室が設けられており、そこを介して行き来できるようになっていた。造りはどちらも同じで、標準体型の女性なら三人で寝られるほどの大きな寝台が据えられている。

「お風呂、お先にどうぞ」

「遠慮するな。一緒に入ろう。そのほうが手伝ってくれる使用人の負担も減る」

できるだけさりげなく、なんでもないことのような口調で言ったが、シリルは見事に狼狽《うろた》え、白い顔をぱあっと赤らめた。

まるで花が開いたような華やかさ、美しさで、見つめるとよけい動揺させるとわかっていながら、目を逸らせなかった。

可愛い。困惑して覚束なげに揺らす睫毛に唇を寄せたい衝動を抑えるのに苦労する。細くてしなやかな手を握りしめ、抱き寄せて、背中に垂らした長い三つ編みを指で解したい。

このシリルの過剰な反応は、意識していない相手に対するものではないだろう。それが確信できただけでも気持ちが高揚した。

特別な感情を抱いていないとあくまでも言い張るつもりか、とじれったさのあまり意地悪く追求したくなる。

だが、そんなふうに追い詰めれば、逆に貝のように口を閉ざして頑なになるだけだと、わかりすぎるほどわかっているため、ここはやはり、じわじわとゆっくり外堀から埋めるようにして心を開かせるほかなさそうだ。

いつからシリルの気持ちがちょっとずつ変わってきたのか知りたくもあったが、それも我慢する。

「男性アルファ同士だが、俺とだとそんなに緊張するか」

やんわりと皮肉るだけにとどめておく。

「……先輩には、私が父の意向でアルファ男性に嫁がされそうだったことを、お話ししたので。それで、なんだか意識してしまって」

シリルは精一杯正直に、当惑していることを白状する。取り繕う余裕もなくしているようだ。

「わかった」

これ以上無理を言うのは本意ではなかった。

シリルが好きだ。愛している。だから、いくらでも待つ。譲歩する。なんならずっとアルファ同士のままでもかまわない。

あらためて、滾《たぎ》るような情熱が己の中で渦巻いているのを痛切に感じる。

「先におまえが湯浴《ゆあ》みしろ。その髪、乾かすのに時間が掛かるだろう。俺は次でいい」

反論する余地を与えない強い語調で言って、さっさと浴室を出る。

ちょうどそこに、湯を入れたバケツを両手に提げた使用人たちがやってきた。

あとのことは使用人たちに任せ、今一度ジラール卿のいる書斎に向かう。

「おじ様。もう少しお話しさせていただいてもよろしいですか」

重厚な一枚板の扉をノックすると、ジラール卿がわざわざ扉を開けにきてくれた。

「いらっしゃるだろうと思って、お待ちしておりましたぞ」

「やはり、ですか」

シリルを見たときのジラール卿の眼差しが気になっていた。

「どうぞ、そちらにお座りください」

どっしりとした革張りの安楽椅子を勧められ、向き合って腰を下ろす。

二人の間にはローテーブルがあり、そこに脚付きのグラスと赤葡萄酒の入ったデカンタが用意されていた。

「こうして殿下と酒を酌《く》み交わすことになるとは、感慨深いものがありますな」

「おじ様はわたしが子供だった頃をご存知ですから。不思議な気持ちになるでしょう？」

「ああ。十代半ばの殿下にもお目に掛かっておりますが、今や二十五になられましたか」

「よく覚えておいでですね。二十歳になってからは、酒も飲めるようになりましたし、近衛騎士団への入団資格も得ました。今は念願の翼竜騎士です」

「もちろん、殿下の名声はこんな辺境にも轟《とどろ》いておりますぞ。おお、そうだ、これを先にお伝えするべきだった。先ほど騎士団のほうには伝達鳥を飛ばしました。夜目も利く最速の鳥をやるよう命じましたので、もう間もなく外泊願いが先方に届くでしょう」

「恐れ入ります。助かります」

夜目の利く伝達鳥を飼育しているのは、辺境伯ならではだ。万が一の有事の際、都までその報を最速で届ける必要があるため、常から準備されている。辺境伯の城に泊めてもらうことにしたのは、騎士団へそうやって伝令を飛ばしてもらえるからでもあった。

ジラール卿の手でグラスに注がれた赤葡萄酒で乾杯する。赤葡萄酒は芳醇《ほうじゅん》な香りと深みのある味わいがした。

「おじ様はシリルをご存知でしたか」

こちらから口火を切って本題に入る。

「いや、彼とは初対面ですな。ただ、とてもよく似た人物を昔知っていた。それでさっきは目を奪われました。似ていると言うより、もはや瓜二つと言っていい。ここまでそっくりだと、無関係とは思えません」

「以前ちらっと耳にしたことがある歌のうまい国境警備隊員の話、あれはやはり、おじ様の許に実際にいた人物のことでしたか」

「ああ、その通り。もう何年前の話か私の記憶も定かでないが、彼の美貌と見事な歌声はいまだに忘れられない」

「その人物はオメガ性の男性だったのですか」

「本人は言わなかったが、おそらく間違いないでしょう。七年ほどここにいましたがまったく歳を取った感じがしませんでした。見た目は二十歳を少し過ぎたくらいでしたが、実際はいくつだったのか誰も知りませんでしたし、そんなことは問題にできないほど警備隊員としても優秀でした」

「陛下が皇太子だった頃の話も聞きましたが、あれも事実でしょうか」

「そうです。素晴らしい歌唱でした。都に連れていきたいと当時の皇太子殿下たってのご希望で、彼も承諾しました。私には引き留める術はなく、以来、彼とは二度と会っていません。今夜シリル殿を見て当時のことがまざまざと蘇りましたよ」

「ここにシリルと来たのは偶然ですが、この話を聞くと、何か見えない力に引き寄せられた気がします。シリルの出生には謎めいたところがあるようで、本人は気にしていない様子ですが、わたしはとても興味があります。子供の頃、不思議な雰囲気の吟遊詩人と会ったことがあって、その人から怪我をした翼竜の子どもを預かったんです。もしかすると、その吟遊詩人がシリルの本当の父親かもしれない。そう思うと、強い縁を感じるんです。シリルはわたしにとって特別な相手かもしれない。共に生涯を過ごす運命のつがいなのではないかと」

「殿下がシリル殿に対して特別な感情をお持ちだということは、一目でわかりました」

ジラール卿は情に溢れた口調で茶化すことなく言い、グラスを手のひらに乗せてゆっくり回す。

「シリル殿のほうには混乱と戸惑いがあるように見受けられますが、少なくとも脈はありそうです。いずれ殿下のお気持ちが通じて、受け入れられる日が来るのではないですか」

「焦らず待ちます。積極的に口説きながら」

最後はニヤッと笑って宣言すると、ジラール卿は小気味よさそうにワハハと声を上げて笑った。

「変わっておられませんな、昔から。うまくいくよう祈っておりますぞ」

「ぜひ」

カチッと再びグラスを触れ合わせる。

執事が書斎を訪れ、シリルの入浴が終わったと知らせてくれた。

「美味しい葡萄酒とお話、ありがとうございました。では、また後ほど晩餐のテーブルで」

ジラール卿に礼を述べ、客室に戻った。

＊

贅沢に湯を使わせてもらっての入浴は気持ちよかったし、辺境伯とご一緒した晩餐は、料理の美味しさもさることながら和やかで居心地のいい雰囲気がありがたかった。国境に接する領地を長年守り続けてきた辺境伯という特別な地位にふさわしい人格と知性、風格を持ち合わせ、国家と王室に対する忠義心に溢れた方と交流できて、予定外の遠出も悪くなかったと思いながら寝台に横になる。

横にはなったが、寝台が一人で使うには大きすぎて落ち着かないせいか、はたまた今日一日いろいろありすぎて神経の昂《たかぶ》りが収まり切っていないせいか、なかなか寝付けない。

朝食のとき話し掛けられたのを皮切りに、今日は一日リュオンと妙に関わることになってしまった。

リュオンのことを考えだすと、明かりを落とした部屋に一人でいてもなぜか気まずさと落ち着かなさに見舞われて、じっとしていられなくなる。

寝返りを打って横向きの姿勢になり、枕に頬を埋める。

そうか……あのレディはイレーヌといって、リュオンの従妹なのか。てっきり恋人かと思って変に動揺してしまった自分が恥ずかしい。しかも、棚の陰に隠れたことまで知られていたとは、みっともないにもほどがある。穴があったら入りたい。

確かに、あんなおかしな態度を取れば、誰でも不審に思うだろう。顔を合わせたら気まずい理由でもあるのかと詮索されても仕方ない。リュオンが普通と少々違うのは、それを自分に気があるからではないのかと、堂々と言ってしまえるところだ。

ちょっと自意識過剰じゃないか。

普段なら遠回しにでもそう言って、ぴしゃりと撥《は》ねつけたに違いないが、今回ばかりはそんな余裕はなかった。図星を指されて動転し、歯切れの悪い返事の仕方をしてしまった。不覚の一言に尽きる。

あれでは特別な想いを抱いていると認めたも同じではないか。

リュオンのことが、実は気になっている。見掛ければドギマギし、わざとそっぽを向いて気付かないふりをしながら、目でちらちらと背中を追いかけていたりする。

ゲレ岳で行動を共にして以来、おかしくなってしまったようだ。

以前はなんとなくいけ好かないやつと反感を持っていたくらいなのに、五日間一緒にいて、さまざまな話をし、意外な面を見せられたりするうちに徐々に印象が変わってきて、気が付くと好意のほうが強くなっていた。

なんだか魔法に掛かった感じだ。

今まで生きてきて、誰かに特別な関心を持ったことはなかった。周囲には、嫌だとか苦手だとか負の感情を抱く者はいても、もっと知りたいとか仲よくなりたいと思える人はおらず、もしかすると一生一人かもしれないと考えていた。翼竜騎士になれたら、自分の翼竜とだけは心を通じ合わせられるかもしれない。それで十分だという気持ちもあった。人より翼竜のほうが信頼できると言ったら淋しいやつだと嗤《わら》われるかもしれないが、結構本気でそう思っていたのだ。それくらい誰のことも好きではなかった。

べつに人を好きにならないと決めているわけではないので、リュオンをいいと感じる気持ちを否定するつもりはない。自分にもとうとう好きな相手が現れたか、と最初はどこか他人事のように感じていた。けれど、姿を見るたびに騒ぐ心や、しばらく見かけなくて淋しく感じる心を、次第に持て余すようになってきて、どうすればいいかわからなくなってきた。

俺はおまえが好きだというようなことをリュオンは簡単に言うが、その好きはどういう意味の好きなのか判断がつかず、混乱させられるばかりだ。

アルファ同士でもかまわない……のだろうか、リュオンも。

いや、しかし、皇太子殿下との縁談は思い切り嫌がって、翼竜騎士にまでなって蹴っておきながら、王弟陛下の次男と付き合うことなどできるはずがない。殿下はきっと不快に思われるだろうし、国民に知られたらリュオンの名誉が傷つくかもしれない。当然シリル自身も二股掛けたとか、殿下に恥をかかせたとか、それはもう非難の嵐に晒されるだろう。自分のことはまぁどうでもいいが、リュオンにそんな外聞の悪いことはさせられない。させたくない。

「やっぱり無理だ。だめに決まってる」

せっかく人生初の好きな人ができたというのに、そして、もしかしたら相手も同じ気持ちで、いわゆる相思相愛かもしれないのに、付き合おうとするとあっちにもこっちにも申し開きの立たない雁字《がんじ》搦《がら》めの状況だ。せめて、もっと早くこんな気持ちになるとわかっていたら……と思わないでもないが、それでも皇太子殿下を断って、従弟のリュオンに嫁ぐなど許されるわけもない。伯爵が皇太子殿下との縁談を画策した段階で、翼竜騎士になって逃れるか、殿下の側室になるか、この二択以外に道はなかったのだ。

結局縁がなかったということだろう。

「……だから、頼むから、おれがつい期待しそうになる思わせぶりな言動は、もうやめてくれよ」

頭から布団を被ってひっそりと独りごちる。

今度何か言われても無視する。もう狼狽えない。顔にも出さない……ようになんとか努力する。

翼竜騎士団で、純粋に先輩後輩の関係でこれからも細く長く付き合っていけたら、それでもういい。

次にリュオンの傍に誰か寄り添っていて、恋人だとか、婚約者だと紹介されたなら、笑っておめでとうございますと言えるように、今から心の準備をしておく。

きっと大丈夫だ。

今までだってそうやって一人で生きてきたのだから。

歯を食い縛り、決意する。

いろいろ考えてしまって、結局、朝までほとんど眠れなかった。

「ひょっとして、あんまり寝ていないのか？」

「先輩こそ、目が赤いですよ」

翌朝顔を合わせるなり開口一番に言い合った。

自分も寝不足でたいがいひどい顔をしていると思うが、リュオンの目も結構充血が目立つ。

「俺は合同演習の段取りを詰めていて、寝る時間が足りなくなったんだ。おまえは？」

リュオンは長い指で目頭を揉むようにしながら聞いてくる。

「私は……寝台が広すぎて、落ち着かなかったんです」

それも理由の一つなのは嘘ではない。大柄な男性でも二人余裕で寝られるような大きさの寝台は、生まれて初めてだった。

「そういうことなら、一緒に寝てやればよかったな」

「そういうことではありません」

またしてもふざけた言い方をされたので、間髪容《かんはつい》れずにぴしゃりとあしらう。もう気持ちを弄《もてあそ》ばれるのは御免だ。思わせぶりな言動で反応を見られるのも断る。今後は騎士団幹部と平騎士の関係を貫くと、昨夜決意した。本来であれば騎士長は遙か上の存在だ。団の秩序を乱さないためにも、一騎士と個人的に親しくするべきではないだろう。

「……すみません。もう揶揄わないでください。不器用なので、どう反応していいか困るんです」

「いや。謝らなくていい。俺が悪かった」

さすがに少しきつく言いすぎたかと思って、すみません、と付け加えたのだが、リュオンは真面目な表情できっちり謝罪してきた。

「おまえの言う通りだ。品のないことを言った。不快にさせてすまない。俺も器用なほうではないから、言いたいことを素直に口にするのが苦手で、冗談めかしてごまかそうとしてしまう。卑怯だった。」

「なんとなく、それは、わかります」

リュオンが冗談に紛れさせつつ本気なのが察せられるだけに、真摯に謝られるとバツが悪くなる。さらっと受け流すのがスマートだと頭ではわかっていても、無粋に突っかかってしまった。

「ごめんなさい。……ムキになりすぎました」

「大丈夫か？」

心配そうに見据えられる。気持ちはありがたいが、今の自分の葛藤をどう説明すればいいかわからず、返事に躊躇する。

「俺が話し掛けたり、誘ったりするのは迷惑か？」

本音では嬉しいし、恋愛感情は抜きでも、できればこれからもこういう付き合いをしたいのだが、立場が違うので周囲が変な目で見そうで、迷惑というより、こっちが迷惑を掛けるのではと慮《おもんぱか》る。回り回って、はい、と言うしかなくなる。

「……そうか」

リュオンはふっと諦念に満ちた溜息を洩らし、俯いてブーツの爪先あたりに視線を落とす。動揺しているようだ。こんなリュオンを見るのは初めてで、自分がどれだけ傷つけたのか目の当たりにするようで、胸が激しく痛んだ。

本当は違う。今すぐ言葉を取り消したい。けれど、現実としてリュオンと特別な関係になるのには困難が多すぎる。それを一緒に乗り越えてくれと頼むのは、身の程知らずというものだ。そもそも、そこまで強い気持ちを持たれている自信もない。いずれ母方の侯爵家を継ぐからには跡継ぎを作る必要があるし、縁談がひっきりなしに舞い込むと本人も言っていた。手間のかかるアルファ同士の婚姻が歓迎されるとはとても思えない。絶対にオメガ化するとは誰にも確約できないのだ。愛人や側室ならありだろうが、リュオンがそういうタイプでないことはわかる。愛する人ができたら一筋になる性質だろう。

だいたい、とふと我に返る。

アルファに生まれたにもかかわらず、オメガ化を伴う婚姻を強いられることが泣きたいほど嫌だったはずなのに、いつの間にそこはあまり問題だと思わなくなっていたのか。

いったん冷静になってみて、大切なことを蔑ろにしすぎでは、と自分自身に呆れた。本末転倒もいいところだ。婚姻させられたくないから翼竜騎士の道を選び、必死に努力して今の立場を摑み取ったのに、そこでアルファの騎士を好きになるとは、なんだかもう、壮大なしっぺ返しを喰らった気分だ。

「わかった。これからは本当に用事があるとき以外は話し掛けないようにする」

再び顔を上げたときにはリュオンの眼差しは穏やかで、口調も落ち着いたものになっていた。

理解してくれてよかったと思うべきなのに、胸に迫り上がってくるのは後悔と悲しみと淋しさばかりで、嬉しさなどひとかけらもない。

それでも表面上は無理して微笑み、「すみません」「ありがとうございます」と自分ではない誰かが喋っているような声を発していた。

つらい。打ちのめされそうなほどつらい。こうなってみて己の浅はかさを思い知らされた。

だが、もう遅い。自分が蒔いた種だ。リュオンも同じくらい歯痒く、つらい思いをしたのかもしれない。先ほどの俯いた姿を思い出し、さらに胸が締め付けられた。

「朝食が済み次第、王宮に戻る」

表情を引き締めたリュオンが、騎士長の口調と表情になって指示を出してくる。

もうその目には、特別な親しみを感じさせる色合いは、僅かも含まれてはいなかった。

4

宿舎の中庭にある洗濯場で制服のシャツを洗っていると、同期のデヴィット・ゴティエが手ぶらでやってきた。相変わらず表情が乏しく、何の用があって足を運んだのかも見当が付かない。寡黙で人付き合いをほとんどしない男で、新米騎士同士同室になってもいまだ打ち解けられずにいる。シリル自身似たり寄ったりなので、べつに親しくならなくてもいいのだが、こうして思いがけない状況で二人になると、どう対していいかわからず、居心地が悪い。

「その泥、またブラン曹長の取り巻きにやられたのか」

他人に無関心かと思いきや、シリルが苛めを受けていることを知っているらしく、抑揚のない声でボソリと話し掛けてきた。

「まぁそんなとこ。厩舎《きゅうしゃ》から出た途端、横合いからぶつかってきたやつがいて、よろけた先の泥濘《ぬかるみ》に足を取られた。それでまんまと転ばされ、このザマ。昨日の大雨で地面のあちこちがどろどろになっていたから避けられなかった。ズボンも悲惨な状態になったけど、色的にこっちのほうが汚れが落ちにくくて」

「純粋に疑問なんだが、連中はなぜきみにばかりそんなくだらない嫌がらせをするんだ?」

デヴィットは眉を顰め、訥々《とつとつ》とした口調で聞いてくる。それ、普通おれに聞くか、と聞き返したくなる。こいつはこいつでおかしいというか、変わっているよなと思いつつ、「さぁ」と肩を竦めてみせた。

「単純におれが気に入らないからじゃない。もしくは、他に苛められるやつがいないからとか？」

染みになった部分をゴシゴシ擦り洗いしながら、悲嘆感のないサバサバした調子で答える。

デヴィットはますます眉間の皺を深くした。この返事では納得いかなかったらしい。

仕方ないので、面倒だなと思いつつ言葉を足す。

「翼竜捕獲の際に曹長と一悶着あったんだ。そのときのことを根に持たれている気はする。おれに言わせれば逆恨みもいいとこだけどさ」

「判定役のルフェーブル騎士長はご存知なんだろうな？」

「もちろん。大事に至らなかったのは騎士長がおれを救助してくれたおかげだ」

「そんなことがあったのなら、騎士長がきみに特に目を掛けておいでなのも道理だな」

「べつに目を掛けてもらってはいない。ただ、ゲレ岳でずっと一緒に行動していたから、傍目には親密に見えるのかも。騎士長に贔屓されていると思われて、こういう嫌がらせをされるんだとしたら、おれとしてはいい迷惑だ」

心とは裏腹に、リュオンのことなどなんとも思っていないと印象づけるような言い方をしてしまう。

東方の辺境伯ジラール卿の城で、今後は上官と部下として接すると約束して以来、リュオンの態度は恐ろしく他人行儀になった。そのことに気付いている者は多いだろう。当然、洞察力に優れたデヴィットも気が付いているはずだ。だからこそ、自分が惨《みじ》めに映らないよう突っ張ってみせた。

「騎士長と何かあったのか。四日前に外泊してきて以来よそよそしく見えるが」

「今日はよく喋るな、デヴィット」

揶揄してはぐらかそうとしてもデヴィットは取り合わず、シリルが質問に答えるのを待っている。やれやれだ。ごまかしは利かないらしい。おまけに観察眼も鋭いときている。

「何もない。外泊の件では失態を犯してしまったので、今後は気をつけようと騎士長共々反省した。お互い立場に合った言動をすることにしたんだ。今までが気さくに接しすぎていただけで、本来はこの状態が正しい。それだけのことだ」

「なるほど」

デヴィットはどこまで理解したのか、表情を変えることなく相槌を打った。

上着のポケットから小瓶を取り、差し出してくる。

「これは？」

「祖母が持たせてくれた染み抜き用の薬品だ。たいていのものはこれで落ちる」

「えっ。本当？」

「使ってみろ」

小瓶をくれて、踵を返す。

どこからかシャツを汚されたことを聞きつけ、わざわざこれを持ってきてくれたらしい。

「ありがとう！」

長身に見合った長さの脚であっという間に遠ざかる背中に向かって礼を言う。

返事はなかったが、気にならなかった。

あいつ、いいやつじゃないか。そう思って気持ちがちょっと明るくなる。

このところ連日、嫌なことが続いていて、ちっとも堪えてないふうを装いながらも実際は結構精神的にダメージを受けていた。

落ち込みの最大の要因は、あろうことか、自分から言い出したリュオンとの個人的な関係解消だ。個人的関係などと言えるほどのものは元々なかった気もするが、上官と部下の範疇《はんちゅう》には収まらない遣り取りはしばしばしていたし、お互い特別な感情を抱きかけていたのは肌感覚で察せられていた。その些細な関係性すら断って、今ではすれ違う際に視線も交わさなければ、偶然どこかで一緒になっても近づいてこず、なんなら離れていく状態になっている。それが想像以上に堪えていて、つらくてつらくてたまらない。

考え抜いた末の決意のつもりだったが、現実になってみると後悔の嵐で、時間を巻き戻して取り消せるならどんな犠牲を払ってもいいとさえ思った瞬間もある。

馬鹿だ、おれは。

デヴィットがくれた染み抜きを使ってシャツをもう一度洗い直しながら、一人なのをいいことに涙ぐむ。誰かに見られたら、苛めに遭ったせいで泣いているのだと勘違いされたかもしれない。

こんな低レベルの嫌がらせなどどうでもいい。心が破裂しそうに苦しいのは、本当は望みもしていないこの事態を自らの手で招いたことだ。取り返しのつかない愚行だった。だがもはや元には戻れない。見栄も矜持もかなぐり捨ててリュオンに謝罪し、以前のように親しくしたいと頼んだとしても、今さら何を言っているんだ、もう俺にそんな気はないと呆れられ、自分勝手すぎると軽蔑されるのがオチだろう。あのときリュオンは明らかに傷ついていた。その上で今後は必要以上に関わらないことに同意してくれたのだ。前言を翻《ひるがえ》して縋るなどしたら、ふざけるなと怒り、ますますシリルを許せない気持ちになるに違いない。

何もかも自分が悪い。

あまりにもいろいろと未熟すぎた。

簡単に人を好きになる質ではないようなので、もしかすると生涯一度の恋を棒に振ったのかもしれないが、手痛い授業料だったと割り切り、忘れるしかない。

「もう恋なんかたくさんだ」

考えてみれば、リュオンを妙に意識しだすまでは、婚姻はおろか恋人を作る気さえなかった。またそうなるだけだ。

そう思うと僅かばかり気持ちが楽になる。

悶々と考え事をするのをやめた途端、周囲の音や匂いや気配を察知する感覚がいつもの通り研ぎ澄まされ、ふと、中庭を見下ろす何者かの視線を感じた。

バッと視線の方向を仰ぎ見る。

そこにはずらりと窓が並んでいたが、どこにも人の姿はなかった。

あれは——図書室の窓だ。

図書室なら誰がいてもおかしくない。逆に言えば、特定するのは難しい。

視線を向けられること自体はよくあることで、いちいち気にしていたら身がもたない。そもそも気のせいだったかもしれず、深追いはしないことにした。

それより、七日後に迫った二騎士団合同演習のための準備と訓練に集中しなくてはいけない。

国王陛下も御上覧の一大行事だ。

絶対に失敗するわけにはいかないと気を引き締める。

デヴィットのおかげでシャツの染みはほとんどわからないまでになり、気分も晴れてきた。

*

図書室を出たところで、リュオンを捜しにきた補佐官から、団長がお呼びですとの伝令を受けた。

「失礼致します。リュオン・ノエ・ルフェーブル、参上しました」

「入りたまえ」

扉を開けて入室すると、広々とした団長室には両騎士団の騎士長以上の幹部に交じって、なぜか予備隊のレイモン・ブラン曹長がいた。

合同演習実施に於ける重要事項の打ち合わせを、予定していた時刻より早めに行うと聞いて駆けつけたのだが、そこになぜブラン曹長が当然のような顔で参加しているのか。不快と不審で表情を険しくする。

問いかける眼差しを副団長に向けると、隣に座っていた翼竜騎士団の団長が口を開いた。

「今回、両騎士団間の調整役として、両方に詳しく、演習には直接参加しないブラン曹長にも加わってもらっている」

「僭越《せんえつ》ながら、我々予備隊も、雑用係として栄えある合同演習を支えさせていただくことになりました。どうぞよろしく」

団長に続いてレイモンが、発言の許可も得ることなく、リュオンだけを見て挨拶してくる。慇懃《いんぎん》無礼《ぶれい》な態度で言葉が上滑りする。不遜な眼差しには敵意しか感じられず、また厄介な男が予想外の厚かましさで重要な行事に関わってきたなとげんなりする。予備隊に落ちてもなお、無視させないぞと知らしめるかのごとく力を見せつけ、殊にリュオンに執拗に絡んでくる。嫌な予感しかしなかった。

遅れてきたリュオンにレイモンの紹介が済むと、両騎士団の団長の仕切りで打ち合わせが始まった。形式的には雑用係だと謙虚そうにしながら、他のどの幹部より出しゃばって意見を述べるレイモンに、皆微妙な顔つきでいる。

ときおり団長たちから視線を送られたが、ここで国王陛下の威光を笠に着てレイモンを退ければ、自分も同じ穴の狢《むじな》に成り下がるようで、矜持が許さない。悪いが知らん顔でやり過ごす。

ただ、言うべきことはきっちりと言った。

二騎一組で行うレース競技の組み合わせで、レイモンが、シリル・ボワイエの相方に難色を示し、気心の知れたリュオンが務めるのがいいのではないか、と余計な口を挟んできたときだ。元々決まっていた相手は、実力的には中堅の、特に目立った功績もない、可もなく不可もなくといった地味な騎士だ。レイモンは皮肉っぽく唇の端を吊り上げ、どうせなら見栄えのする華やかな組み合わせにしたほうが陛下もお喜びになるのでは、と取ってつけたように言う。

「せっかくのご指名に応えられなくて申し訳ないが、本部で進行管理の任に就くので無理だ」

ぴしゃりと断ると、レイモンはさも残念そうな顔をする。

「そうですか。いい案だと思ったのですが。ルフェーブル騎士長とボワイエ騎士の息の合った飛行は日頃のご親密な関係あってこそで、なかなか他では叶わない組み合わせかと」

「何か誤解があるようだ。曹長のその誤解がお仲間にも影響を与えていて、シリル・ボワイエに嫌がらせするよう仕向けているようだとも小耳に挟んでいるが、本当ならお仲間たちも翼竜騎士にふさわしい品格を備えているのかはなはだ疑問だな」

「はい？　なんのことかさっぱりわかりませんね。それこそ騎士長殿の誤解では？」

たちまち不穏な空気に包まれる。

「まぁまぁ、お二人とも。話を本題に戻そうではないか」

近衛騎士団の団長が割って入る。

結局シリルを含めすべての騎士の組み合わせは、当初のままということに落ち着いた。

その後は特に波風が立つことなく、打ち合わせは終了し、解散となった。

「団長閣下、少しお時間よろしいですか」

レイモンが退出したのを見届け、翼竜騎士団長に近づき、伺いを立てる。

「ああ。何かね、ルフェーブル騎士長」

「当日の配置の件であらためてお願いがあるのですが」

どうしても気になることがあり、団長にだけ相談したかった。

他の幹部たちが全員部屋から出るのを待って、二人だけになったところで話をする。

「わかった。そのようにしたまえ。後のことはこちらで差配する」

「我が儘を聞いていただき、ありがとうございます」

「遠慮は無用だ。何事もなく合同演習が終わるよう祈っている」

はい、とリュオンは重々しく同意した。

＊

近衛騎士団と翼竜騎士団が二年に一度行う、騎士団合同演習訓練、略して合同演習は、王室と政府の関係者にだけ公開される大規模な防衛関連行事だ。日頃の鍛錬の成果を国王陛下の御前で披露することになるため、皆いいところを見せようと意気込んでいる。

広場での剣術や弓術の披露、武道の試合や、全騎士での行進、翼竜騎士団による技術飛行披露、近衛騎士団の警備交代式披露等々、全てが見どころと言ってもいいくらいだが、最後に行われる地上と上空で連携し合っての作戦遂行レースは、締め括りにふさわしい、訓練の集大成を見てもらう場だ。

開始地点と終着地点は王宮の広場だが、全体としては都とその周辺の山や森まで使っての総合演習となる。

国王陛下より直々に開会の挨拶を賜《たまわ》り、予定通り順調に進んでいく。

始まるまでは皆緊張していて張り詰めた雰囲気だったが、ひとたび訓練が始まると、遺憾なく各々実力を発揮した。たくさんの名勝負が生まれ、一糸乱れぬ美しい動きで魅せ、陛下もことのほかお喜びとのことだ。

そしていよいよ残すは、最大の山場となるレースだけとなった。

地上部隊は近衛騎士団の騎士二名、上空部隊は翼竜騎士団の騎士二名、各班この四名で協力して指示された通りに任務を遂行し、どの班が最も早く王宮広場に戻ってくるかを競う。

「すまんな、俺なんかが相方で」

翼竜に乗り、待機場所で地上部隊からの引き継ぎを待っている間、相方のロイクに詫びられる。

「いえ、頼りにしています、先輩」

礼を尽くして先輩騎士を立てたが、予行練習していたときから常にシリルに対して遠慮がちで、動きが嚙み合わないことがちょくちょくあって、正直あまり期待はしていない。翼竜騎士になれたくらいだからロイクも十分優秀な騎士のはずだが、性差や階級を意識しすぎているきらいがあり、自分がベータであることになぜか引け目を感じているようだ。そうなるとこちらもちょっとやりにくい。ロイクに任せるより自分が率先して動くほうがいいかもしれないと思いつつ、その場合、どう立ち回れば先輩の面子《メンツ》を潰さずにすむか、頭を悩ませている。

もし相方がリュオンだったなら、よけいな忖度をする必要もなく、大船に乗った気持ちで指示を仰ぎ、己の役割を全うすることだけに注力すればよかっただろう。

——おまえ、ルフェーブル騎士長に相方を断られたらしいな。

数日前、ブラン曹長の取り巻きと思しき先輩たちが三人がかりで取り囲んできて、悪意を剝き出しにしてそう言ってきた。

なんのことだと思い切り首を傾げてしまったが、聞けば、ブラン曹長が打ち合わせの場で、シリルの相方になるのはどうかとリュオンを焚き付けたらしい。リュオンは一考もせずにあっさり断り、とりつく島もなかったそうだ。そんなことがあったとは初耳で、複雑な気持ちになったものの、取り巻きたちの前では「立場的にそれは当然じゃないですか」と、突拍子もない提案をした曹長に呆れたふうを装ったのだった。

なんとも思っていないふりをしたが、本当はひどく落ち込んでいた。

以前のリュオンなら、曹長が言い出したのだという事実をうまく利用して、そこまで言われたら期待に応えないといけないかのような格好で、この案に乗っていた気がする。だが、今や関係は完全に壊れ、リュオンに避けられているのをはっきりと感じる。自分で招いた結果だということが、いっそう追い打ちをかけ、身を切られるようにつらかった。

一縷の望みは、もしかするとリュオンは、ブラン曹長が何かよからぬことを企てており、そのために二人を組ませようとしたのではと疑って、その手に乗るかと断ったのかもしれないということだ。

その場合、曹長の思惑は外れたことになり、リュオンに間接的に助けられたと捉えられなくもない。

もっとも、リュオンは自分の身を守っただけで、シリルのためにしたわけではないかもしれず、感謝していいのかどうかは微妙だ。リュオンに冷たく「自惚《うぬぼ》れるな」と言われそうな気もして、安易に喜べない。

離れてから、日を追うごとに自分の気持ちがはっきりしてくるというのは、皮肉なものだ。取り返しがつかなくなって、やっと素直に認められた。

リュオンが好きだ。

初めは、同じアルファとして能力の高さや身体の立派さに嫉妬し、負けたくないと張り合う気持ちが強かったが、今考えると、あんなにも意識し、ともすれば固執さえしていたのは、心の奥底で惹かれていたからだった。

今さらすぎて、考えるたびに虚《むな》しさが込み上げる。

「来た！　地上部隊からの合図だ」

双眼鏡を構えていたロイクが傍で叫ぶ。

ハッとして瞬時に気を取り直す。

「二時の方向、湖岸に三つの的！」

「了解。行きましょう。訓練通り両端の的を一つずつクリアして、先に射終わったほうが真ん中の的も狙うということでいいですか」

「ああ、もちろんだ」

「グウェナエル！」

ロイクの返事を聞くなり、グウェナエルに声を掛け、待機場所の崖の上から飛び立つ。

ロイクもすぐについてきたが、ワンテンポ遅れていて、飛行距離が伸びるにつれ遅れが目立ちだす。

本気で飛んでいるのかと訝しくなるほど二騎の間が開いてきて、これはもう、下手をすると自分が三つとも射たほうが早いのでは、というあり得ない事態を想定する。緊張のあまり翼竜をうまく操れていないのだろうか。それにしても……先輩に対して申し訳ないが、腑甲斐なさすぎる。足を引っ張られた気分が拭《ぬぐ》い去れず、自分自身が未熟なこともありイラッとした。負けず嫌いなので、どんな事情があろうと納得いかない結果になるのは悔しかった。

だめだ。冷静になれ。弓は平常心を保てなければ失敗する。ぐっと奥歯を噛み締めた。

行く手に目標の湖が見えてくる。

周囲を森に囲まれた湖の北岸に的が三つ視認できる。

あの小さな標的をすべて射貫《いぬ》かなくては、班として先に進むことができない。今まさに馬で駆けつけている最中の地上部隊が、射貫かれて割れた的にあらかじめ仕込んであった指令書を見て、次に何をすべきかわかる仕掛けだ。

「グウェナエル、あの的を狙いたい」

ふぉう、とグウェナエルが頼もしく一声上げる。

左手に弓を持ち、矢筒から一本目の矢を抜く。

滑らかに高度を下げ、手前の森をすれすれの高さで通過し、湖面に最適の角度で進入しようとしたまさにその時だ。

予期せぬ矢の襲来に見舞われた。

森から数人で射かけてきている。木に登って待ち構えていたようだ。進入方向も、的に対して低い高度を飛ぶことも織り込み済みだったらしく、次から次へと放たれる矢がグウェナエルを容赦なく狙う。そのうちの何本かは明らかにグウェナエルの体を掠めていったが、硬い皮膚に覆われたグウェナエルは鳴き声一つ上げず、飛行も揺らがない。

このまま的に矢を放ってから上昇するか、それともいったん諦めるか、情けないが、勝負への執着が判断の邪魔をした。

「何をしているっ！　高度を上げろっっ！」

頭上から怒鳴りつけるような声が降ってきて、グウェナエルのほうが先に反応した。

その直後、一際勢いよく飛んできた太い矢がグウェナエルの腹にグサリと刺さり、グウェナエルがバランスを崩して身を傾がせた。

咄嗟のことに体勢を保てない。

空に放り出される。

落ちる、と覚悟した。

頭から真っ逆さまに湖に落ちていく。

「シリルッ！」

再び叫ぶ声が聞こえる。

リュオンだ。だけど、どうして。どうしてここにリュオンがいるのか。

次の瞬間、頭が水の中に潜《もぐ》り、両手で耳を塞がれたかのように何も聞こえなくなった。

ごぼごぼっと全身に泡が纏わり付く。

息を止め、両手両脚を動かし、水を掻く。

どうにかして水面まで浮き上がり、顔を出そうと必死に足掻く。

近くでドボンと何かが落ちる音がしたと思ったら、暗い水を掻き分けてリュオンがこちらに泳いでくるのが見えた。

リュオン――！

助けに来てくれた。これ以上心強いものはない。僅かな疑いもなく、助かると確信する。それくらいリュオンの存在は頼もしかった。

ここだ、と精一杯伸ばした腕を、リュオンに摑まれる。

指と指が絡み合ったとき、水の中で泣いていた。口を閉じ、息を止め、顔をぐしゃぐしゃにして、恥も外聞もなく泣いていた。

腕を引かれ、背中を抱き寄せられる。

落下の衝撃で三つ編みが解けた髪が水中で棚引く。

目尻と頰を親指の腹でひと拭いされ、目で、行くぞと頭上を示される。

はい、としっかり頷いた。

リュオンに腕を引かれ、手を繫いで脚で水を掻き、水面を目指す。

上昇するにつれ水の色が薄くなり、光が差し込み、キラキラ輝く湖面が下から見えた。

ざばっと頭が湖面の上に出る。

先に浮き上がっていたリュオンにその場で抱きしめられた。

立ち泳ぎしながら肺に息を入れ、呼吸する。

「なんとか間に合った。よかった。もう大丈夫だ」

「……ど、う……して……？」

まだうまく喋れず、荒らげた息を吐きながら聞く。

「レイモンが挑発めいた発言をしてきたとき、これは何かあるなと思って、いざというときいつでも動けるようモルガンに乗って近くで様子を見ていた」

打ち合わせのテーブルでそんな特例じみた提案をすれば、リュオンは突っぱねるだろうと見越しての企みだったらしい。そうやってリュオンを遠ざけておき、本来の相方であるロイクにわざとシリルを先に行かせるよう指示し、待ち伏せさせていた取り巻き連中に矢を射かけさせた。

「この際、規律違反や悪辣な行為の証拠を摑み、退団させる方向に持っていったほうがいいと考え、おまえを危険な目に遭わせた。すまない」

森に潜んで弓矢で攻撃した者たちはすでに逃げてしまっただろうが、なんらかの証拠は残っているかもしれない。リュオンの登場は想定外のはずなので、連中も大いに慌てただろう。

「そう、だったんですね」

ようやくまともに言葉が出せるようになった。

「私は大丈夫ですが、グウェナエルは……」

「あの程度の怪我なら、あいつらは自然治癒力で治す。矢も自分で抜いている。むしろ、おまえを湖に落としてしまったことを心配しているようだぞ」

見ろ、と頭上を顎で示され、空を仰ぐ。

上空を二頭の翼竜がぐるぐると気を揉むように旋回していた。

グウェナエルとモルガンだ。

「本当だ」

無事だった。ちゃんと飛べている。確かに矢も抜けている。

「よかった」

再び目頭が熱くなる。

「俺たちの迎えも来たようだ」

リュオンの言葉に、今度は岸に目を向ける。

救護班の人々が到着し、ボートを出す準備を始めていた。

「最後はとんだことになったな」

ええ、と答えようと開きかけた唇を、いきなり塞がれる。

びっくりして、目を瞑る余裕もなかった。

くっついたかと思うと離され、何が起きたのかわからない程度の短いキスではあったが、はっきりとリュオンの熱と湿った粘膜の感触が唇に残っている。

「な、な、何を……」

動転して頭が回らなくなっているシリルに、リュオンは熱の籠った声で囁いてきた。

「後で話がある」

＊

公開合同演習の最後を飾る連携レースは、シリルたちの班を除く七班で競う形になり、無事七班全てが終着地点の王宮広場に戻ってきた。優勝は第三班で、過去の記録を塗り替える奮闘ぶりだったとのことだ。レース中に起きたアクシデントにより、一班途中棄権になったのは残念だとしながらも、国王陛下もこの結果にいたく満足され、上機嫌で御退席されたらしい。

「きみが危惧していた通りになったな。とりあえず演習は予定通り最後まで進行し、陛下より閉幕の御言葉もいただいた。公式記録上は、レース中に湖に落ちた騎士がいて、救助活動が行われたという添え書きが付くことになる」

宿舎に戻って濡れた服を着替え、団長室に出向いて詳細の報告をした際、調査の進捗と事件に関与した者たちの処遇に関しても聞いた。

「矢が射かけられた場所は判明した。木に登った痕跡、地面の足跡など証拠も押さえてある。当日の全騎士の行動を照らし合わせれば、あの場にいた者の特定は可能だろう。その前に名乗り出てくれればこちらとしても助かるのだがな」

「首謀者について話をしそうなのは、シリルの相方だったロイクくらいでしょうね。ロイクをシリルと組ませたのは指導教官で、そこにブラン曹長が絡むことはできなかったはずです。おそらくロイクは何か他の理由をつけてわざとシリルから離れるよう仕向けられたんでしょう。こんなことになるとは想像もしていなかったようです。救助されたとき、岸で呆然としているロイクを見ました。顔面蒼白でガタガタ震えていて、むしろ、わたしやシリルより大丈夫でなさそうでした」

「わかった。慎重に話を聞こう。その上でブラン曹長に問題ありと判断したら、厳しく対処する。退団処分もあり得るだろう」

「後のことは内部監査委員の方々に委ねます。我々も聴取には全面的に協力いたしますので」

「そうしてくれるとありがたい。ボワイエは念のため医務室に運ばれたと聞いたが、体調は特に問題ないのか？」

「おそらく。これから様子を見に行きます」

「うむ。明日は一日ゆっくり休むよう伝えてくれるか。きみも休むがいい」

「そうさせていただきます。ご配慮、感謝いたします」

団長室を辞したその足で医務室へ向かう。

医務室のベッドはもぬけの殻だった。シリルはつい今し方自室に戻ったと、医務室勤務の医官が教えてくれた。

「怪我らしい怪我は負っていないし、季節柄、湖の水温もそこまで低くなかったようだから、今のところ熱が出たりもしていません。とはいえ油断は禁物、明日くらいまでは安静にするよう言いました。けど、あんまり素直に言うことを聞きそうじゃなかったですね。できればルフェーブル騎士長からも念押ししていただけたらありがたいです」

「言っておきます」

医官に約束して、今度は宿舎の方へ歩を進める。

シリルと会うためにあっちへ行ったりこっちへ行ったりしている状況には、既視感のようなものが付き纏う。思えば、存在を知ってからずっと、こんなふうに振り回され、追いかけ続けている気がする。

もういい加減、捕まえさせてくれてもいいのではないか。

いや、焦りは禁物だ。わかってはいるが、つい気持ちが先走りそうになる。

部屋の前まで来て、一度深呼吸して心を落ち着かせ、ノックしようとしたとき、扉が開いた。

「あ、ルフェーブル騎士長」

いきなり鉢合わせする形になり、シリルと同室のデヴィット・ゴティエが驚いた顔をする。常に冷静沈着、表情を顔に出さない印象のあるデヴィットだが、不意を衝かれてさすがにギョッとしたようだ。一瞬後にはいつもの泰然とした様子を取り戻す。

ついでに、先回りしてさらりと教えてくれた。

「いますよ」

「どうも。ああ、そうだ、レースの優勝おめでとう。第三班はきみが大活躍だったそうだね」

「ありがとうございます」

デヴィットは淡々と、だが、気持ちよく礼を言う。事実をそのまま受け止め、謙遜もしなければ誇示もしない。こいつは将来大物になるな、と直感した。

「どうぞ、ごゆっくりなさってください。私はこれから帰省いたします。明日休暇をいただきましたので。戻りは夜の予定です。こんな状況で彼を置いていっていいものか迷いましたが」

デヴィットはコンパクトなボストンバッグを提げている。たぶんそうなんだろうと思っていたが、本人の口からわざわざ説明されて、シリルをよろしくという意味だと理解する。気の利かせ方といい、人の心の機微に関する観察眼、洞察力といい、文句なしだ。いろいろ言うと野暮なことも、おそらく承知している感じだった。

「問題ない。彼には俺がついている」

「よろしくお願いいたします」

デヴィットは微かに口元に笑みを浮かべ、意味深な表情をちらと見せると、敬礼してから廊下を歩き去っていった。

「あっ、やっぱり……ルフェーブル騎士長でしたか」

デヴィットと立ち話しする声を聞きつけたのか、寝巻きの上に部屋用のガウンを重ねた姿でシリルが遠慮がちに近づいてくる。

背中の中ほどまである淡い茶色の髪は纏めておらず、無防備な寝巻き姿を見せられると、ドキッとする。本人も多少なりと意識しているのか、色白の顔がほんのり赤らんでいる。熱のせいでないことは医官の説明を聞いてきたので間違いないと思われ、自惚れはしないが期待はしていいのかもしれないと胸が高鳴った。

「すみません、こんな格好で」

「もう寝てなくていいのか」

同時に発言してしまい、声が被る。

あっ、とまたしても同じタイミングで口を閉じる。そのまま俯きがちになったシリルの耳朶がみるみる染まっていく。照れくさいのはこちらも同様で、「何やってんだろうな」と恥ずかしさをごまかすように呟き、ぐしゃっと手で髪を掻きまぜる。

軽く咳払いして、「少し話をしてもいいか」と改まった。

「湖でも、話があると言われてましたよね。こちらに、どうぞ」

シリルも気を取り直した様子で、デスクの椅子を引っ張り出してきて、向きを変えて勧めてくる。平騎士用の二人部屋は狭く、必要最低限の家具類が二つずつ据え置かれているだけだ。来客を座らせるソファのようなものは当然ない。部屋でお茶を飲むのも一手間だ。給湯室まで行って淹れてくる必要がある。枕元に水差しはあったが、さすがに騎士長に水を出すわけにはいかないと思ったらしく、悩む顔まで愛おしい。

「この部屋、懐かしい。俺も新人の頃、半年ばかりここと同じ造りの部屋にいた。勝手はわかっているから気を遣わなくていいぞ」

「はい。わざわざ来ていただいたのに申し訳ないですが」

「俺が来たくて来たんだ。おまえに言いたいことと聞きたいことがあるからな。立ってないで、おまえも座れ」

直前まで横になっていた痕跡のある寝台に向けて顎をしゃくる。

シリルは乱れた布団を簡単に整えると、寝台の縁に腰を下ろした。

硬い木製の椅子に座ったリュオンと顔を合わせて話すのにちょうどいい距離だ。

こうして誰にも邪魔されない、静かで落ち着ける場所で向き合うと、これまで溜め込んできた想いがどんどん高まってくる。

なぜもっと早く自分に正直にならなかったのかと後悔してもいるが、それ以上に、一度離れて己の気持ちと向き合う時間も必要だったと思っている。おかげで迷いがなくなった。

シリルは長い睫毛を伏せ、微かに震わせている。緊張していることは、先ほどから何度も膝の上で握り拳を作るしぐさからも見て取れる。呼吸も少し速いようだ。覚束ない手つきでガウンの胸元をまさぐるのは、動悸を少しでも鎮めようとしてだろう。

そうやって冷静にシリルを見つめる一方、自分自身かつてないほど気を張り詰めさせていた。

ここまで心臓に負担をかけたことはない。こんな経験は一度で十分だ。

「単刀直入に聞くが」

どう切り出すか逡巡した挙げ句、おもむろに口火を切った。

ピクリとシリルの細くて白い指が引き攣《つ》る。

「今でもアルファ同士での婚姻には抵抗があるか？」

おそらくシリルも、リュオンが冗談を装いながら、付き合わないかと本気で仄めかしていたことはわかっているはずだ。応じられない事情があって突っぱねていたのだと、こちらも承知している。

二人に必要なのは、胸の内を曝《さら》け出してとことん話し合う時間だ。

「正直、最近まで私は何もわかっていませんでした」

心持ち長い間のあと、シリルがようやく、躊躇いを振り払うようにして話しだす。精一杯己に素直になろうとしているのが伝わってきて、ぎこちなさのある一言一言が胸に響いた。

「誰かを好きになったことなんてなくて。父が推し進める婚姻は実際打算だらけで、本当の子でない私に屈辱を与えつつ伯爵家の利権は増大させるという、吐き気をもよおすものとしか思えず、徹底的に抗う覚悟をしました。皇太子殿下の側室にと言われたときも、絶対に嫌だと拒絶しましたが、決して殿下ご自身を嫌ってお断りしたわけではなく、アルファの矜持を守ることにしか考えが及ばなかったから……なんです」

「それは、今なら殿下の許に行くことも辞さないという意味か？」

穏やかに聞く。内心、もしここでそうだと返ってきたら冷静でいられるだろうかと危惧しながら、まずはシリルの話を丁寧に聞く決意をしていた。

「そうではなくて」

シリルは少し怒ったような、苛立ったような目でリュオンをちらと見る。すぐにまた目を伏せたところに、自分でも制御できない感情の乱れがあることが察せられた。

「じゃあ、今は好きな人ができて、その人のところにならいってもいいと思うようになった？」

「……だいたい、そんなところ、です」

じわじわと期待が膨らんでいく。意地っ張りで天邪鬼《あまのじゃく》だと自分で言っていたシリルが、ここまで譲って本音を吐露してくれるとは、もはやそれだけで礼を言って抱きしめたいほどだ。

盛り上がる気持ちを、多大な努力で抑えつけ、一つずつ確かめていく。一足飛びに結論を出したいのはやまやまだが、段階を踏んだ会話を楽しむ余裕も生まれてきつつある。

二人で話すこの期待と緊張が混ざった時間が妙に心地よく、今しか味わえない貴重な経験だという気がして、すぐに終わらせるのがもったいなくもあった。

「相手はベータやオメガではないようだな」

「少なくとも、私自身は人生でまだ一度も、オメガ性の人と運命を感じる出会いをしたことはないですね」

シリルが、いつものシリルらしいツンとした言い方で返してくる。

張り合いが出てきて、ますます愉快な気分になってきた。面映ゆそうに俯いて睫毛を震わせるシリルも美しく儚《はかな》げでぐっとくるが、気が強くてつっけんどんで、居丈高に振る舞おうとするシリルはもっと好きかもしれない。

次第にシリルが焦れてきつつあるのを肌で感じながら、もう少しだけ意地悪したい気持ちになる。我ながら懲《こ》りないやつだと自嘲するが、この手応えがたまらなくいいのだ。

「上流社会にいればアルファはさほど珍しくないが、オメガはな。俺も会ったのは数人だ。結婚を視野に入れた紹介をされたが、自分と縁がありそうな人は皆無だった」

「先輩は、結婚するならオメガ性の人がいいんですか」

シリルからも聞いてくる。

「俺は拘らない。そもそも、アルファがオメガを求めがちなのは、オメガに子供を産ませたら必ずその子供はアルファになると遺伝学的に保証されているからだ。昔ほど差別があるわけではないが、いまだにアルファ、ベータ、オメガの順に優性だとする風潮はある」

「否定はしません。……たぶん、そうした刷り込みがあるから、私自身オメガになるのは嫌だと拒絶していたんだと思います」

「前にも話したかもしれないが、本当に優れているのはオメガ性ではないかと俺は思っている。男性でも子供を産めるし、老化しない、どうやら長寿の傾向もあるらしい」

「あの。少し話を飛ばしてもいいですか」

ついにシリルが痺れを切らしたように言い出した。

「ああ。なんだ？」

「先輩は私をどう思っているんですか」

いきなり単刀直入に聞かれ、いっそ小気味よかった。自然と顔が綻ぶ。

「そうだな。率直に言うと、俺と一緒になってほしい。ずっとそう思ってきた。もちろん今もだ」

「そっ……それは、あの、本気というか、本心ですか？」

濡れたような緑の瞳を見開き、自分で聞いておきながら信じていいかどうか迷うようにたどたどしく確かめてくる。距離を置きたがったときも、自分で言い出しておきながら、つらそうにしていた姿と重なる。不器用なのはお互い様だが、シリルの場合は極まれりといった感じで、庇護欲の掻き立てられ方が半端でない。

「おまえなぁ、俺をなんだと思っているんだ？」

苦笑しながら、わざと呆れた顔をして聞く。

「一世一代の告白もこれでは形無しじゃないか」

「すみません」

シリルは俯き、それ以外返す言葉がなさそうに呟いた。

「で、返事は？」

えっ、とシリルが弾かれたように顔を上げる。

「返事だ。俺は今おまえに求婚したんだぞ。俺のところに来るのか、来ないのか。べつに俺は何がなんでもおまえをオメガにしようとは思わない。かといって愛人や側室は持たない。侯爵家の跡継ぎは兄の子供を養子にするなりなんなり、いくらでもやりようはある。俺は、純粋に、おまえと一緒になりたい。それだけだ。だから、翼竜騎士を辞める必要もない」

「アルファのままでもいいと、仰るんですか」

シリルはじわじわと外堀から埋めていくように聞いてくる。いかにも自信なさげで、ぎこちなく、心の乱れがひしひしと伝わってきた。

「ああ。オメガ化したくないから、そういう行為は絶対したくないと言うなら、俺はそれでもいい。正直身も心も欲しいから残念ではあるが、それ以上におまえと一緒に生きていきたい、一緒にいたい気持ちが強いから、嫌なことはしないと誓う」

我ながら、ここまで譲歩していいと思えるほど惚れていることに感動すらしている。人を好きになると、あって当たり前の欲求まで抑えられるのかと不思議な気持ちだ。しないでいいと誓っても、後悔はなかった。

「でも、そういうのは不自然じゃないですか」

シリルは慎重に、懐疑的な目でこちらを探るように見据えてくる。

「好きなら相手の全てが欲しくならないですか」

「それはむろん。俺は聖人君子からは程遠い男だ。好きな人に手を出さずにいるのは身を切られるほど苦しい。それでも、おまえのためなら耐えられる。本気だ」

ここまで来ると、もはや誠意を尽くして訴える以外に自分の気持ちを表す術はない。裸の自分を見せ、大袈裟でもなんでもない本心だと認めてもらうしかない心境だった。

シリルは目を伏せ、自分の指に視線を落として、眉根を寄せていた。

激しく葛藤しているようだ。

やがて俯きがちだった顔を上げ、覚悟を決めた強い瞳を向けてくる。

思わずドキリとするほど気持ちの籠った、物言う眼差しだった。

「私は無理です」

きっぱり言われ、やはりだめかと絶望が押し寄せる。

だが、シリルは荒っぽく首を横に振ると、思いもよらぬことを言い足した。

「私はそんな関係にはなれません。好きな人がすぐ傍にいるのに何もせずにいるなんて無理です」

「本音を言えば、むろん、俺だって嫌だ。無理をしなければ自制できない」

本心はそうだが、シリルが万一オメガ化してしまい、後悔して悲しむくらいならという、背に腹は代えられない決意だ。そこはわかってほしかった。

「付き合うなら、することをして、あなたが私のものだと心にも体にも教えてほしいです」

シリルが声の震えをなんとか抑えようと努めながら言う。

精一杯正直に、素直になろうとしているのが察せられ、愛おしさが込み上げる。

「オメガに……なっても、いい。そう言ったら？」

途切れ途切れに、勇気を振り絞るようにして言われ、今度はリュオンが目を瞠る番だった。

こちらをじっと見つめるシリルの眼差しは真剣だ。そして、脳髄がくらくらするほど艶っぽい。

衝き動かされるようにして椅子から立っていた。

寝台の縁に座るシリルの足元に、騎士が君主に忠誠を誓うときと同じ形で跪《ひざまず》く。

シリルのしなやかな手を取り、白皙を見上げて、目と目を合わせた。

「俺と、生涯を共にしてくれるか」

あらためて求婚する。

「……万一があっても、いいかなと、生まれて初めて思った」

恥じらいながらシリルが小さな声で言う。

指が小刻みに震えていて、かわいそうなほど緊張しているのがわかった。

「俺は我慢しなくていいのか」

「させたくないし、私も、そういう無意味な我慢はしたくない」

「無理しなくていいんだぞ」

「しない。……してない。する気もない」

でも、とシリルは、はにかみながら続けた。

「ここまでの気持ちにさせた責任、取ってください、リュオン」

シリルにリュオンと呼ばれたのは初めてだ。

情動が理性をあっという間に押し流す。

立ち上がり、シリルの腕を引いて立たせ、背中に腕を回して細い体をありったけの熱情を込めて抱きしめた。

シリルが苦しそうに喘ぎ、身動ぎする。

少しだけ腕の力を緩め、代わりに顎を擡《もた》げさせて唇を塞いだ。

「あ……」

シリルの体がビクンと、電気を流されたかのように腕の中で震える。

縋るように首に腕を絡ませてくるシリルに、初めてにしては濃厚すぎるキスをした。

シンとした室内に、二人の息が絡まる音と、濡れた粘膜を接合させる湿った音が立つ。

抑えきれない欲情に翻弄されているのはリュオンだけではなさそうだった。

＊

話がある、と湖でリュオンに囁かれたとき、あの場の流れと雰囲気から、もしかしてと思ってはいた。ここしばらくは無視し合うような状態になっていたが、水の中まで助けに来てくれて、手を繋いだときには、蟠《わだかま》りは跡形もなく消えていた。ずっと変わらない気持ちで気にかけてくれていたことが聞かなくてもわかり、そこで話があると言われたら、これはもう、個人的に関心を持たれているという類の話だろうと、そこまではほぼ間違いないと予想していた。

しかし、さすがに交際なしにいきなり求婚されるとは思わなかった。にわかには信じられず、聞き間違いか、もしくは勘違いして受け取ったのかと自分を疑ってしまった。国王陛下の甥という高い身分にもかかわらず、ざっくばらんで気さくな人柄であることは承知しているが、大胆と言うか自由奔放と言うか、こんなところでも一筋縄ではいかない。

驚きはしたが、そういう人だからこそ惹かれたのも事実だ。ある意味、似たもの同士だと感じてもいる。リュオンも宮廷や社交場が不得手で、つまらない、退屈だと思っているようだし、本好きで、秘密基地みたいな隠れ家にワクワクしたり、翼竜を親友のように考えていたりするところ等々、気が合う点がたくさんある。

きっと、まだしたことのない行為の中にも、これはいいと二人して好きになるものがあるだろう。

「してみるか、この先も」

息の仕方もわからなくなるほど情熱的なキスを繰り返され、頭がぼうっとなっているところに、色香に満ちた声でさらに誘惑される。

キスをしたのもこれが初めてだ。その先などしたらどうなるのか想像もつかない。知識としては知っているが、される立場で考えるのは避けていたので、この場合ほとんど役に立たない気がする。

「怖いか」

推し量るような眼差しでじっと見つめられ、心まで裸にされた気分になる。

「……怖くは、ない」

半分虚勢も入っているが、怖さよりも欲情のほうが強く、下腹部の疼《うず》きと熱っぽくなった体をどうにかしてほしかった。こんな昂奮《こうふん》の仕方は初めてで戸惑う。一人では抑えきれないと本能的に察していた。

寝台の縁に、リュオンの腕を引っ張りながら腰掛ける。

リュオンは片膝を寝台に上げ、シリルをゆっくり押し倒した。

乱暴さも性急さもなく、枕に頭を預けて仰向けになったシリルに、体重を掛けすぎないよう気遣ってくれる。そうして身を重ね、顔を近づけてきた。

唇を優しく啄《ついば》まれ、あえかな声が出る。

先ほどまで湿った粘膜をくっつけ合い、舌先でくすぐられたり、強弱をつけて吸われたりと、さまざまなことをされて敏感になっていた口に、弾力のある舌が滑り込んできた。

濡れた感触の淫靡《いんび》さに、ぞくぞくと体が震える。

口腔を弄《まさぐ》られ、感じやすい口蓋を舐められ、溜まった唾液を啜られる。受け入れ、ついていくだけでいっぱいいっぱいで、何も考えられない。

他の誰にもされたくない恥ずかしくて猥《みだ》りがわしいことも、リュオンになら許せる。もっとたくさんしてほしいとさえ思う。

酒に酔うのと同じように、この初めての経験に酔いしれていた。

ガウンを脱がされ、薄手の寝巻き一枚にされる。

シリルの腰あたりに跨って上体を起こしたリュオンが、扇情的な眼差しでシリルを見下ろしながら、上着のボタンに指を掛ける。

服の脱ぎ方にこれほど色気を感じたことはない。

少し骨張った長い指が流れるように動いてボタンを外していく。

上着から肩を出す、ただそれだけのしぐさにたまらなく獰猛《どうもう》な色っぽさを感じる。シーツに縫い留められた状態で、上に乗られて見せつけられると、すでに征服されたかのような気分になる。

シャツを開き、逞しい胸板と引き締まった腹部を惜しげもなく晒す。

思わず手を伸ばして触ってみたくなるほど綺麗な肉体だ。余分な肉はいっさいついていない。張りのある滑らかな皮膚の下に、鍛え上げられた筋肉の適度な盛り上がりが見て取れる。

上半身裸になったリュオンが再び覆い被さってくる。

寝巻きをはだけられ、肉付きの薄い胸を見られて身動ぎする。

リュオンと比べると貧相でいたたまれない。空気に触れた途端硬くなった両の突起に気づかれ、人差し指の横腹で確かめるように撫でられたのも、恥ずかしくて悶《もだ》えそうだった。

緊張して身が硬くなる。抱かれることに対して本能的な違和感があった。女性アルファには本来の女性としての役回りが刻み込まれているため、こうした感覚は持ち合わせないと聞く。でなければ伯爵夫人のような、性格は限りなく男性に近い女性が子供を産むなどということがあるとは思えない。

むろん、アルファ同士で行為に及んだからといって抱かれた女性アルファ側がオメガ化することもない。オメガ化というのは、男性アルファにだけ起きる、稀有な現象なのだ。

「震えているな。本当に続けていいのか？」

リュオンが下着まで取り去って全裸になったシリルをぎゅっと抱擁し、長い髪を指であやすように愛撫する。

「婚姻するのにオメガ化しなかったら、むしろ悪いなと思って、今さらだけど少し怖くなった」

「だから、それは考えなくていいと言ったはずだ。こういうのは子供と一緒で、できるときはできるし、できないときはできない、それだけの話だ。俺にも責任の半分はあるわけだから、一人で背負う必要はない。誰もおまえを責めないし、何かを強要したりもしない。もしそんなやつがいたら、俺が退ける。生涯おまえを守る」

リュオンの言葉は胸に響いた。口先だけの、その場限りの言葉でないことは、真摯な顔つきを見ればわかった。

「リュオン」

胸の奥から込み上げるものがあり、情動のまま自分から唇を合わせていた。

すぐにリュオンの熱い舌が隙間をこじ開け、差し入れられてくる。

今度のキスは荒々しかった。決して乱暴ではないが、遠慮がなくなり、舌を搦《から》め捕《と》られてきつく吸い上げられたり、口の中を隅々まで舐めまわされたり、淫らなことを次から次にされた。

濃密なキスを続けながら、体のいたるところに手を這わせ、反応を確かめるように手のひらや指を使ってくる。

髪を搔き上げ、露《あらわ》になった頸《くび》を指先でつぅっと辿り下り、鎖骨の窪みで遊び、脇をくすぐり、尖った乳首を摘《つま》んですり潰すように刺激する。

何をされても感じて、ビクビクと体がのたうつ。

キスの合間に喘いではリュオンに縋り、嫌だと形ばかりに首を振る。

初めて身に受ける愛撫にどう対処すればいいかわからず、やめてとただ決まり文句のように言っているだけで、本気で嫌がっているわけでないと見抜かれていて、リュオンの手は止まらない。

両の乳首を丹念に弄《いじ》られ、充血してふっくら膨らんだところを、濡れた口で吸い立てられ、たまらず悶絶して仰け反った。

一方の乳首を指で捏ね回し、引っ張って刺激し、乳暈《にゅううん》ごと揉みしだく。

その間、もう片方の乳首は口と舌を使って舐め、吸われ、歯を立てて甘噛みされ、べっとりと濡らされていた。

指と口とを交互に使って両の乳首を均等に責められるうち、股間が硬くなってきて、みるみるうちに形を変えていた。

リュオンの手が伸びてくる。

羞恥に腰を捻って避けようとしたが、太ももの間に膝を入れられ、逆に脚を開かされた。

「見ないで」

思わず腕で顔を隠す。

「俺も脱ぐ。だったらいいだろう?」

同じだ、と耳元に湿った息を吹きかけながら宥められる。

リュオンのものを見てみたい気持ちが恥ずかしさを上回り、それなら、と頷いた。

リュオンがスラックスを下ろす。下穿きも脱ぎ去り、一糸纏わぬ姿になる。

均整の取れた見事な体軀の中心に、完全に勃起した男性器があり、否応もなく視線を釘付けにされた。大きさもさることながら、硬く張り詰めて猛々しく屹立していて、若い雄の生命力の強さを体現しているかのようだ。

見ただけで孕みそうだ。こくりと唾を飲む。強烈な欲望が湧いてきて、自分が淫乱な獣になった気がした。あんなもの絶対無理、挿《はい》るわけがないと恐れ慄《おのの》きながらも、貫かれて繫がってみたい気持ちもあった。

「触ってみるか」

狭い寝台にシリルと入れ替わって横になったリュオンに、挑発するように言われる。

「俺もおまえに触りたい。尻をこちらに向けて跨がれ」

えっ、そんな、とたじろいだが、この期に及んで怯むのも不本意で、ここはなりふり構わず欲望に身を任せることにした。

互い違いに重なり合い、言われるまま腰を上げる。

自分がどれだけはしたない格好をしているのか想像すると平静でいられなくなりそうだ。

目の前にあるリュオンの雄蕊《ゆうずい》にだけ意識を向け、激しい羞恥をやり過ごす。

太さも長さも、見慣れた自身のものとは比べるのも烏滸《おこ》がましい。手に余りそうなほど立派な陰茎を握り込み、硬さに圧倒されながら、ゆっくりと薄皮を上下に扱く。

同時にリュオンに自らの陰茎を摑まれ、ぐっぐっと揉みしだかれて、艶《なまめ》かしい声を上げて腰を揺すってしまった。

感じさせられ、喘ぎながら、受けた快感を返すようにリュオンのものに手や口を使う。

弱いところを知り尽くしたリュオンの巧みな愛撫には到底敵《かな》わないが、ときおり官能的な吐息を洩らしたり、腹筋を小刻みに動かしたりされると、少しは感じさせられているようで嬉しい。もっと気持ちよくなってほしいと熱が入る。

猛った剛直を可能な限り口の奥まで迎え入れ、歯を立てないように気を付けながら吸引する。

舌の上でビクビクと脈打つのが生々しく、愛おしくもあり、じゅぶじゅぶと卑猥な水音を立てつつ窄《すぼ》めた口を上下に動かし、刺激した。

敏感な亀頭だけを含み、先端の隘路《あいろ》を尖らせた舌先で抉ったり、括れに舌を這わせて舐めたりくすぐったりもした。

滲み出てくる先走りの味が濃くなるにつれ、シリルの昂奮も高まる。

それまで緩やかだったリュオンの手の動きが、ここからが本番だというように本気を出してくる。

陰嚢《いんのう》を揉みしだかれ、竿を緩急つけて擦り立てられて、眩暈がするような快感が次から次へと押し寄せる。たまらずリュオンの股間から口を離し、惑乱した声をいくつも放った。

脳髄を電流で撃たれたような痺れが、頭のてっぺんから爪先まで駆け抜け、下腹部を淫らに疼かせる。息を止め、全身を法悦に打ち震わせながら、リュオンの手に白濁を飛び散らせていた。

達した快感が強すぎて、リュオンの体の上からずり落ちてシーツに縋りつき、肩を揺らして呼吸を荒らげ、しばらく喘ぎ続けた。

起き上がったリュオンに、俯せで膝を立てる体位を取らされる。

顔は横向きにシーツに押し付ける格好で、自然と腰を高く掲げることになる。立てた太腿は大きく開かされ、双丘の間が丸見えになっていることが、秘めた窄まりに当たる空気の感触でわかった。

さっきまでもこれとだいたい同じ姿をリュオンの顔面に晒していたが、あらためて意識すると恥ずかしさに頰がカアッと熱くなる。

もうこれは嫌だと訴えようと、両手を突いて上体を起こそうとした。

そのとき、ぬるりとした感触を後孔に感じ、ひっ、と喘いで、浮かせたばかりの頰を再びシーツに押し付けるはめになった。

「な、なに……？　あっ、待って……！」

嘘だろう、と激しく動揺した。

襞《ひだ》の一本一本を湿らせるように、唾液を乗せた舌で窄まりを舐められる。さらには、双丘に手を掛けて谷間を開かれ、舌を差し入れて筒の中まで濡らされた。

「あ、だめ。お願い……やめて」

「いいから、任せろ。ひどいことはしない」

「でも。恥ずかしい」

「もう少しだけ我慢してくれ」

舌の次は、口に含んでたっぷり唾液を掬った指を差し入れられた。

ズズッと付け根まで埋め、中で動かす。狭い器官を押し広げ、丹念に慣らされる。

二本に増やした指で後孔の薄い粘膜を擦り立てられるたび、惑乱しそうに淫猥な感覚に襲われ、シーツに爪を立てて悶えた。

ようやくずるりと指が抜かれる。

ほっとしたのも束の間、砕けかけた腰を両手で支え直され、濡れそぼった後孔に硬く張り詰めた先端をあてがわれた。

柔らかくなるまで解され、寛げられた窄まりの中心をこじ開け、リュオンの昂った陰茎がググッと突き入れられてくる。

圧倒的な質感と硬さ、熱で、今まで誰にも許したことのなかった体の中を深々と挿《さ》し貫かれ、衝撃のあまり乱れた声が出た。

もういい、と泣いて哀願するほど弄りまくられ、抜き差しするたび淫猥なぬめり音が立つまでに潤わせた器官は、リュオンの剛直を受け入れても傷つかず、初めてとは思えない悦びを味わわせる。

背後からはしたない姿で繋ぎ止められ、ぐっ、ぐっ、と中を抉られる。

頑健な腰を前後に動かし、繊細な粘膜を擦りながら、引いては戻し、引いては戻す行為を緩急つけて繰り返す。

奥を突かれるたびに嬌声を迸《ほとばし》らせ、亀頭を残して引き摺り出される感触にたまらず啜り泣く。

リュオンの行為は決して独りよがりではなく、シリルの反応を見て動きを速めたり緩めたりして、悦楽を少しでも多く与えようとしてくれているのがわかる。

先ほど手で達《い》かされた性器が再び頭を擡げ、またもや兆《きざ》しかけていた。

まだ完全に勃ちきれていない陰茎を、腹の下に手を伸ばして握り込まれる。

後孔を突かれながら前を扱かれ、どうにかなってしまいそうな感覚に、恥も外聞もなく泣き喚《わめ》き、ビクビクと全身を打ち震わせ、のたうった。

「もう一度達け」

俺もそろそろ限界だ、と情欲に満ちた声で耳元に囁かれる。

抽挿《ちゅうそう》の速度が上がり、抜き差しする動きが大きくなった。

荒々しく腰を打ちつけられ、尻たぶにリュオンの引き締まった下腹が当たる乾いた音が室内に響き渡る。

奥を押し上げ、叩かれることで、昂った前も刺激され、前からも後ろからも官能を揺さぶられる。

隣室に誰かいたら、などということを配慮する余裕はすでになかった。

悲鳴混じりの嬌声を上げ、いくっ、とはしたなく叫び、淫らに腰を振って二度めを極めた。

出したばかりの陰茎から溢れたのは僅かな滴《しただ》りだったが、全身に鳥肌が立つほど凄まじい快感に襲われ、一瞬意識が遠のきかけた。

ほぼ同時にリュオンも奥で放っていて、夥《おびただ》しい量の白濁を浴びせられたのがわかった。

熱い、と口走った唇を、息を乱したリュオンが貪るように吸ってくる。

猛烈な欲情に煽られてシリルも夢中で舌を入れ、絡め合い、吸い合った。

この一度でオメガ化して孕んでもおかしくないと思えるほどの濃厚な行為に、身も心も満たされきって、昂奮が収まらない。

唇がふやけそうなほど何度もキスを交わし、汗ばんだ肌と肌を密着させ、互いの体を触り合う。

「悪くなかったか」

普段は自信たっぷりのリュオンが、心持ち面映ゆそうに、シリルの顔を覗き込んで聞いてくる。僅かな反応も見逃すまいとするかのようだ。

「……どうにかなってしまいそうで、怖かった。悪くないと言うより、よすぎた」

リュオンがあまりにも真剣だったので、はにかみながら正直に答えた。

「シリル」

リュオンが横向きの状態でぎゅっときつく抱き竦めてくる。

「婚姻は二人の同意があればできる。正妻に迎えるには当主の許可と教会での祝福が必要だが、それも問題ないはずだ」

「あなたのところに行く」

自分でも不思議なくらい気持ちに揺らぎがなく、迷いや躊躇いは微塵もなかった。

今まで嫌がって意地を張り続けていたことが滑稽《こっけい》に思えてくるほど、すんなりと、自然に、リュオンの許へ行く気持ちが固まっていた。

「翼竜騎士は？　辞めるのか、続けるのか、それもおまえの自由だ」

「続ける」

そこにも逡巡はなかった。

リュオンは「ああ」と深く頷き、長い髪を指に絡めて唇を押し当ててきた。

「こういう共同作業を繰り返していれば、そのうち子供を孕める体になるかもしれない。そのときは、よかったら無理のない範囲で再考してくれ。オメガは、一度孕んだ子供は堕ろせない。オメガ化が絶対に嫌なら行為を控えるしかないが、できれば俺はこれからもおまえとしたい」

「嫌じゃない。あなたとの子供だったら私も産みたい。むしろオメガ化しなかったときのことを心配してる。この気持ちは、さっき話したときと変わってない」

意外と心配性で、柄にもない小心さまで見せられ、自惚れかもしれないが、本気で愛されているのが伝わってきた。今まで知らなかったこうした側面を見せられるたび、ますます愛しさが深まる。

「リュオン。……好き。愛してる」

どうしても言いたくて、照れくささに俯きながら告白する。睫毛が覚束なげに震えているのが自分でもわかった。

シリルを抱きしめたリュオンの腕の締め付けがいっそう強くなる。

「俺もだ、シリル。俺のほうがずっと先に、おまえに惚れていた」

リュオンは熱っぽい告白を返してくると、「明日なんだが」と切り出してきた。

「お互い休暇をもらっているし、急だが、父と会ってくれないか」

こういうことは早いほうがかえって気が楽かもしれない。王弟陛下に会うなどめちゃくちゃ緊張するが、腹を括って承知した。

＊

あらかじめ訪問することは遣いをやって知らせておいたが、王弟陛下たる父親はシリルを見てなんとも言えない複雑な表情をした。

回り回って元の鞘《さや》に収まった、と言えなくはないが……と予想通りのことを口にする。

王弟陛下に呼ばれて書斎で二人きりで話しているときだった。シリルの相手は、たまたま屋敷に逗留中の従妹に頼んできた。会うのは初めてだが、お互い相手のことは知っているので、すぐに打ち解けたようだ。聡明で気持ちの優しいイレーヌなら安心してシリルを任せられる。

渋りはしても反対する気はない、と王弟陛下からはっきり言質《げんち》を取れたので、とりあえずホッとした。もとより何かを強制したり、頭ごなしに反対するような人ではないので、話せばわかってくれると思っていた。だから、シリルとなるようになったとき、まずはと報告しに来たのだ。

「幸い皇太子殿下も今まさに婚約が調おうとしているところなので問題はないとは思うが、シリル殿が翼竜騎士になって正式に縁談が白紙になるまでの二年半、よそ見もせずに待ち続けておられた殿下のお気持ちを考えると、ちと立場がない」

そう言って、ジロリと睨み据えられる。

「だいたい、おまえが最初からシリル殿との縁談を受けていれば、殿下のお心をお騒がせすることもなかったのではないか。今言っても仕方ないとわかってはいるが、言わずにはいられない」

「殿下には、シリルが翼竜騎士になると決まった直後にお目にかかりまして、わたしの気持ちを汲んでいただいている様子でした。本当にお心の広い、敬愛すべき御方です。ご婚約が決まられて、心の底からご祝福申し上げております」

「殿下は、ご自身が背負われているものの大きさをよくわかっておいでだ」

赤葡萄酒の入ったグラスを手のひらで揺らしつつ、王弟陛下はふうっと大きく溜息を吐く。

「その観点から言えば、お相手はシリル殿ではないほうがよかったとは思っている」

皇太子殿下の温厚で誠実なお人柄を知っていれば、皆それは同意するだろう。

「伯爵はシリルを側室か愛人にさせたがっていましたが、殿下はぎりぎりまで正妃にする可能性を捨てなかったでしょうからね。オメガなら正妃にもなれる」

「そういうことだ」

短く言って、すぐに「おまえはどうするんだ」と振ってくる。

「もちろんシリルを正妻に迎えます。侯爵家の跡継ぎ問題については十年後にあらためてご相談させていただければ。それまでにシリルがオメガ化せず、子供を作れなかった場合に、どうするか皆で最善策を検討するということにさせてほしいんです」

「だめだと言ってもおまえは聞かんだろうからな」

早くも王弟陛下は諦めた様子だ。

「まぁ、ここだけの話、シリル殿を見ていると、昔酷い目に遭わされたという美貌の宮廷楽師を思い出し、胸が痛む。シリル殿は彼にそっくりだ」

それもあってシリルにはなんであれ無理強いはしたくないと言う。

「そのお話、東方の辺境伯ジラール卿からも伺いました。陛下が皇太子でいらした頃に、辺境伯の許から宮殿に連れ帰られたという、元国境警備隊の方のことですよね」

「そうだ」

「今はどこで何をされているのでしょうか」

「さぁな。そのうちまたふらっと現れるかもしれんな。もしかすると、おまえたちの婚儀の席に突然姿を見せるかもしれないぞ」

「もしそんなことがあれば、ぜひ一曲歌っていただきたいですね。シリルを見たら感慨深い気持ちになられるかもしれません」

「うむ。シリル殿の出生に関しては、どこまで真実でどこからが作られた話なのか、当の伯爵夫人が語らないそうなので謎が多いままだ。その吟遊詩人と、陛下の許に一年ほどいた宮廷楽師が同一人物かどうかも確証はない。興味深いのは、辺境伯と陛下の許にいた美貌の男性は、どうやら元々はアルファで、辺境警備隊に入る前のどこかのタイミングでオメガ化したようだ、という話だ。いささか眉唾な気もするが、そうなるとますますシリル殿との間に奇縁じみたものがあるように思えてくる」

「それは初めて聞きました」

確かに興味深くて、腰を浮かしかける。

「本当かどうかはわからん。話半分に聞いておけ」

王弟陛下に釘を刺され、革張りの安楽椅子に座り直した。

「なんにせよ、人より翼竜のほうが好きだなどとぬかしておったおまえが婚姻する気になったのは、親として感極まる朗報だ。もとより、おまえが選んだ相手なら、身分や性差、性別にかかわらず家族として認めるつもりではあった。シリル殿であれば申し分ない。婚姻後も引き続き翼竜騎士団に留まりたいとの希望についても問題あるまい。伯爵家に対しては今後おまえがシリル殿の代わりに対応にあたれ。そのほうが伯爵も面倒なことを言い出さないだろう」

「はい。心得ております。わたしも伯爵に利用されるつもりはありませんので、そこはきっちりとけじめを付けさせていただきます」

「シリル殿もおまえのような男を伴侶に持てば、心強いだろう」

満足そうに唇の端を上げる王弟陛下に、最高の褒め言葉です、と返す。

この後、庭園に出したテーブルで、皆で昼食をいただくことになっている。休暇は今日一日だけなので、夜の門限までには宿舎に戻る必要がある。

慌ただしい訪問になったが、シリルはあれよあれよと言う間に王弟陛下に婚姻の挨拶をするという一大事が終わったことを、かえってよかったと感じているようだ。

帰路、馬車に揺られつつシリルに「どうだった?」と聞くと、シリルは「皆さん、いい方ばかりですね」と微笑んだ。

「あなたの従妹のイレーヌ嬢、かなりの読書家ですね。お話しできてとても楽しかったです。話は面白いし、ちょっとお茶目で可愛らしいし、物怖じせずに親しくしてくださるし。なぜあなたが彼女との婚姻を考えなかったのか首を傾げたくらいです」

シリルは大真面目な顔で言う。

「俺にとっては妹みたいなものだからな。それより、おまえ、俺という婚約者がありながら、まさかもう目移りしたんじゃあるまいな？」

シリルもアルファなのだから、油断はできない。半ば冗談、半ば本気で確かめる。

「言っておくが、イレーヌはだめだぞ。彼女は……」

「知っています」

すかさずシリルに遮られた。呆れたような目でこちらを見る。

「あなた、意外とやきもち焼きですか」

「べつに。……そんなことは、ない」

本当ですか、と緑の瞳が疑っている。

「場合によりけりだ。おまえに関することには少し余裕がないかもしれない」

言い直すと、シリルはふっと表情を緩めた。一本取って得意げでもあり、そう言われてまんざらでもなさそうでもあり、少し面映ゆそうでもあるという、さまざまな感情が混ざった顔をする。

どんな表情をしても、どんな態度を取っても可愛い。我ながらぞっこんだと認めざるを得ない。

「イレーヌさん、ご婚約が決まったそうですね」

「本人から聞いたのか」

「はい。まだ公表前なので内緒だと言っていましたが」

「お相手、誰だと思う？」

「それは知りません。秘密なら、聞いては悪いと思って伺いませんでした」

「殿下だ」

えっ、とシリルが目を瞠る。

次の瞬間には、パッと顔面に光が差したような艶やかな笑顔になった。

「そうでしたか。おめでとうございます。とてもお似合いだと思います」

おそらくこれを聞いてシリルはまた一つ肩の荷を下ろせたのではないかと思う。

皇太子殿下もイレーヌをとても気に入っているようだ。縁談を持ちかけたのは、王室側からだったということからも、殿下の覚悟が窺える。

「俺たちも結構似合っていると思うぞ」

ガラガラと石畳を走る車輪の音に負けないように言う。

「私もそう思います」

シリルは照れたように同意すると、座面に置いていたリュオンの手に自分の手を重ね、ぎゅっと指を絡ませてきた。

＊＊＊

「すみません。本日こちらで婚姻披露宴が催されると伺ったのですが」

王弟陛下ルフェーブル公爵の屋敷の裏手にある通用門の外に、つばの広い帽子を目深に被り、黒い帯状の布を両眼が隠れるように巻いた旅装の男性が立っている。

門番小屋から出てきた門衛官が縦格子の門扉に内側から近づくと、品のいい佇まいをした旅人は、慣れた様子で身分証を見せた。

「あんた吟遊詩人なのか」

実物を見たのは初めてだが、間違いなく国が発行している正式な吟遊詩人の身分証だ。リュックのほかに、使い込まれた弦楽器を背負っている。黒い目隠し以外は特に違和感はなく、服も靴も髪も小綺麗な印象だ。これなら中に入れても問題ないだろう。なにしろ今日は、公爵家の次男で、晴れある翼竜騎士団で騎士長の地位にあるリュオン様の婚姻お披露目の祝宴が盛大に開かれるのだ。吟遊詩人が祝福に来てくれるのは縁起がいいこととされている。

見た感じ大丈夫そうではあるが、念のため、門扉を開ける前にもう少し質問し、本当に危険人物ではないかどうか確かめる。

「その目隠し、ひょっとして目が見えないのか？」

「いえ。虹彩《こうさい》の色が薄くて昼間は陽光が眩しいので、これをしています」

「へぇ。べつに疑うわけじゃないが、ちょっと目を見せてくれないか。片方だけでいいから」

「構いませんよ」

吟遊詩人はにっこり微笑み、気さくに目隠しをずらして目を見せる。

「おわっ、本当だ。あんたの瞳の色、緑石みたいだな。そんな透き通るような色していたら、確かに目をやられちまいそうだ。よし、わかったよ。ありがとう。ちょっと待ってな。今ここ開けるから」

腰に下げた鍵で門扉を解錠しながらなおも話し続ける。吟遊詩人にお目に掛かったのは人生で初めてで物珍しかった。

「まだずいぶん若いみたいだけど、ずっと一人で方々旅して回ってるのかい。大変だろう」

「そうでもないですよ。むしろ、一ヶ所に留まってそこでずっと暮らすほうが僕には苦痛です」

「そんなもんかねぇ」

狭い通用門を開き、どうぞ、と吟遊詩人を敷地内に入れてやる。

遠くから微かに音楽が聴こえてくる。

「ちょうど始まったみたいだ」

「ご婚姻されたのはこちらの二番目のご子息とお聞きしました。お相手も男性アルファとか」

「そう、そう。ボワイエ伯爵家の御三男で、やっぱり翼竜騎士だそうだ。こちらの坊ちゃまが一目惚れされるくらいお綺麗な方らしい。あいにく裏門担当の俺はお姿拝見したことないけどさ」

「祝宴はお庭で開かれているのですか」

「ああ。そこまっすぐ行くと洗濯室やら厨房やらが並んだ棟が見えてくる。その辺りに公爵家で働いている連中が何人もいるはずだから、そいつらに執事さんの居場所を聞きな。飛び入りの出し物の許可は執事さんがくれるんだ」

「ご親切にありがとうございます」

「いやなに、これが俺の仕事だからさ。俺の分まで祝宴楽しんできな」

「はい。楽器と歌声で少しでも盛り上がっていただけるよう、精一杯努めさせていただきます」

旅回りの芸人らしからぬ気品と、堂々とした立ち居振る舞いが印象的な吟遊詩人は、背筋をすっと伸ばして、教えた方に歩き去っていく。

目隠しと大きな帽子で顔はよく見えなかったが、片方だけ見せてくれた目はこの世のものとは思えないほど綺麗だった。青緑色の玻璃のような瞳が網膜に焼き付いている。当分忘れられそうにない。

「さてと」

吟遊詩人の背中が裏庭に植樹された木々の陰に隠れて見えなくなると、両手を空に向かって突き上げ、ぐんと伸びをする。

俺も一目でいいからお相手の尊顔を拝見したかったぜ、と思う。

今日は天気も上々だ。暑い夏が終わり、秋の気配が日々深まってきて、薄く雲がかかった空はすっきりと晴れ渡った水色だ。

伸びをしたついでに空を仰ぎ見て、おや、と目を細めた。

遙か上空を何かが飛んでいる。

最初、鳥かと思ったが、よくよく目を凝らして見ると、以前一度だけ翼竜騎士団の公開飛行を見に行ったときに見た翼竜の飛ぶ姿に似ている。

絶対そうだ。高度を考えると鳥にしては巨大すぎる。あんな鳥はいない。

「ひゃあー。翼竜だぜ、あれ」

額に手を翳し、首が痛くなるまで見上げてしまう。

翼竜はゆっくりと楕円を描くように旋回している。

主人を待っているかのようだ。

しかし、誰の騎竜だろう。今日は翼竜騎士団の騎士たちが大勢招かれている。いわゆる職場婚になるらしいので、夏前に不祥事を起こして除隊になったという、王室の遠戚にあたる騎士以外は全員来ているはずだ。王室の遠戚なら、公爵家とも親戚関係になるわけだが、今日、その親戚枠でも呼ばれなかったということは、家名に泥を塗るに等しいようなことをしでかしたのだろう。

「おい、おい、あの翼竜どうしたんだ？」

少し離れた場所から声が聞こえてきた。そちらに視線を向けると、翼竜騎士団の式典服で正装した騎士が二人、空を見上げて喋っている。どうやら裏庭に一服しに来たらしい。二人とも指に紙巻きを挟んでいる。

「ああ、本当だ。あれは騎竜だな。でも、俺たちの中の誰かのじゃないぜ。今日は翼竜に騎乗するのは禁止だろ。皆揃って馬車で来たし」

「だよな。だとすると、誰のだ？」

「さあ？」

騎士二人も首を捻っている。

「俺たち以外に騎竜を持っているやつなんかいないだろ？」

「そのはずだが」

おかしなこともあるものだ。

もう一度上空を振り仰ぐ。

「あれ……、いない」

先ほどまで確かにいたはずだが、忽然と姿が消えてしまった。

思わず両目をゴシゴシと擦る。

そこに、弦を爪弾いて奏でる音楽と、それに合わせて唱する歌声が流れてきた。

祝宴が開かれている中庭はここからだいぶ離れているのだが、たまたま風に乗って届けられたのか、美しい曲と歌声がはっきりと聞こえる。

おめでとう、と今日の主役二人を祝福する内容で、おそらく先ほどの吟遊詩人だと思われた。

うっとりする歌声に、しばし聴き惚れる。

歌を捧げられた若い二人も、寄り添い合って、この素晴らしい贈りものを受け取っているだろう。

そんな場面が想像され、多幸感に包まれた。

婚約報告

婚姻することになりました、と報告すると、翼竜騎士団の団長は特に驚いた様子もなく、そうかと鷹揚《おうよう》に頷《うなず》いた。

「おめでとう。式はいつの予定かね」

「収穫祭期間中のどこかよき日にと考えています」

「三月《みつき》ほど先だな。いろいろと新生活に向けての準備もあるだろう。忙しくなりそうだな」

「はい。シリルと相談しながら一つずつこなしていきます」

傍《そば》に立つシリルを見て言うと、シリルもこちらに顔を向け、面映《おもは》ゆそうに睫毛を揺らした。

「きみたちは相性がよさそうだし、家格も釣り合いが取れている。きっといいパートナーになれるだろう。それで、騎士団のほうはどうするつもりだ？」

横幅のあるどっしりとしたデスクに着き、両肘を突いて手を組んだ団長は、リュオンとシリル双方と視線を交わし、聞いてくる。

「二人とも引き続き任務に励む所存です」

リュオンが代表して返答する。

団長はこれも予期した答えだったのか、驚く様子はなかった。

「ボワイエは今期翼竜騎士の称号を得たばかりだし、ルフェーブル騎士長は我が騎士団にとって不可欠な人材だ。残ってくれるなら非常にありがたい。ああ、万一体調に変化があった場合は、決して無理をせず、すぐに相談してくれ。団としてできる限り便宜を図ろう」

「はい。ありがとうございます」

シリル共々頭を下げ、配慮に感謝する。

子供ができたときのことを仄《ほの》めかされたのだと察したのか、シリルは白い頬を色づかせ、戸惑っている様子だった。

あまり長居しては申し訳ないので、話が一段落したところで団長室を辞す。

幹部の執務室や会議室が並ぶ特別棟二階の廊下には人気がなく、しんと静まり返っている。

装飾が施された重厚感のある階段を下り、一階に着くまでは口を開かずにいた。シリルも声が響くのを気にして黙っていたようだ。

「これで各方面に筋は通した。義理は果たしたな」

「ほっとしました」

シリルは実際にほっと息を洩らし、硬かった表情を緩ませる。

婚姻など、おそらくシリルの人生設計には当分加わる予定はなかっただろうが、流れに身を任せるかのごとくなるようになって、リュオンと共に生きる意を固めてくれた。潔《いさぎよ》いというのか、中途半端や曖昧《あいまい》なのが嫌な性分なのか、シリルらしい腹の括《くく》り方だ。

シリルが近衛騎士団に入団してきたときから意識し、日を追うごとに特別な感情を抱くようになっていたリュオンとしては、いったんは諦めた恋が最高の形で叶ったわけで、歓喜に溺《おぼ》れている自覚がある。

リュオンのためにアルファらしい生き方を捨て、もしものときはオメガ化も受け入れると言ってくれたシリルの健気さと気丈さ、一度心を開いたらとことん誠実で愛情深い在《あ》り方に、胸がいっぱいになる。元より自分の手でシリルを幸せにしてやりたいと思い、できることがあればなんでもするつもりでいたが、その気持ちがますます強まった。

「一番緊張したのが、あなたのお父上、王弟陛下にご挨拶《あいさつ》したときだったので、まず最初にそれを済ませて、だいぶ肩の荷は下りていたんだけど。これで本当に気が楽になった」

シリルは屈託なく言うと、一つに編んだ淡い茶色の髪を摑んで前に持ってきて、長く伸ばした毛先まで指を滑らせる。

翼竜騎士団に入ったらばっさり切る、うっとうしくて仕方ない、父親に命じられてそれまでは我慢しているだけだと、あれほど迷惑そうに言っていたのに結局切らずにここまで長くしたのは、ともすればシリルにもこうなる予感がほんの僅《わず》かながらあったからかもしれない。勝手にそんなことを考え、感慨深い気持ちになる。

あの利己的で野心家の伯爵の許で、シリルはずっと家のための道具であるかのような扱いを受け、家人たちにも軽んじられ、ずっと虐《しいた》げられてきたのかと思うと、胸糞が悪くなる。こんな言い方は品性に関わるので本意ではないが、それでもあえて言葉にするなら、先日一緒に婚姻の報告に出向いたときの伯爵の狼狽《ろうばい》ぶりは見ものだった。少しだが溜飲《りゅういん》が下がった。もっとも、伯爵邸を訪れた際の先方の対応は感じが悪いの一言で、格式ある貴族の振る舞いとはとうてい思えなかった。

伯爵に婚姻の挨拶をしたときのことが脳裏に蘇る。

伯爵には、個人的にお話ししたいことがある、とだけ手紙にしたため、リュオンの名で面会の申し込みを取り付けた。

当日、シリルと共に伯爵邸に着くと、自ら玄関まで出迎えにきていた伯爵の愛想笑いはあからさまに強張った。シリルが一緒だとは聞いてない、と騙《だま》し討ちにあったかのごとく気分を害したようだ。苦虫を噛み潰したような忌々《いまいま》しげな顔つきになり、内心舌打ちしたのが手に取るようにわかる。それでもリュオンに対しては謙《へりくだ》り、やたらと畏《かしこ》まった態度と恭《うやうや》しい言葉遣いに変わるのだが、その切り替え方がどうにも猿芝居めいていて滑稽だった。

「愚息を伴われるとは伺っておらず、驚きました」

張り付けたような笑みを浮かべ、取り繕っていたが、ちらと皮肉を混ぜるのも忘れない。本音は、王弟の息子とはいえこんな若造相手に下手に出なければいけないとは腹立たしい限りだ、といったところだったのだろう。

「さては愚息が、栄誉ある翼竜騎士団で何か大変な不始末をしでかしたのでございましょうか？」

両手を揉みつつ探りを入れてこられ、ぴしゃりと撥《は》ねつけた。

「ご心配なく。そのような用件でお邪魔したわけではありません。断りもなくシリルを連れてきたのは、彼とわたし双方に関係するお話があるからです」

「はて。では、いったいどのようなお話でしょうか」

「まぁお待ちください。歩きながら話せる内容ではありません」

伯爵は不満そうだったが、リュオンの機嫌を損ねることにでもなったらまずいと計算高く考えたのか、それ以上は粘らず引き下がる。

玄関広間を抜けて奥に案内されつつ、リュオンが伯爵とやりとりしている間、二人の後ろにいたシリルは一言も口を挟まなかった。伯爵が一度威嚇《いかく》するようにシリルに視線を飛ばしたが、目を合わせてもシリルは臆することなく伯爵を見つめ返し、その揺るぎのない眼差しに伯爵のほうが一瞬怯んだようだ。

一見するとたおやかで儚げな印象すらあるシリルだが、血の繋がりはないとされる父、伯爵と真っ向から対峙《たいじ》しても、負ける気など毛頭ないことを知らしめ、静かに圧倒する。端で見ていて、胸がすくほどかっこよかった。シリルの芯の強さは筋金入りだ。近衛騎士団に入団するまでの二十年間、この家で不遇な扱いに耐えてこられたのも、その強さあってこそだったのだと思う。

国王陛下直属の近衛騎士団という、第三者の力が及ばない組織の存在が、シリルの精神的な支えだったと後に聞き、つくづく縁を感じた。そこにリュオンも属しており、出会って、互いに相手のことを必要とするようになり、婚姻の約束を交わした今に繋がっている。

つらい思いをしてきた二十年という月日の分まで、シリルにはこれから幸せになってほしい。

そのためには伯爵の束縛からシリルを完全に解放する必要がある。

婚姻することでシリルはルフェーブル家の人間になる。婚姻は二人の意思であり、伯爵がシリルの父親として二人の間に入り込み、あれこれ口を挟む余地はない。

今日二人で訪れたのは、そのことを明確にするためだ。

おそらく王室関係者をもてなすために特別に設《しつら》えてあると思《おぼ》しき格式張った客間に通され、上席を勧められる。

「お心遣い感謝しますが、本日は御子息との婚姻を許していただきたく、お願いに上がりましたので、こちらに座らせていただきます」

「なんですと！　シリルをリュオン殿下の妃にと、今そうおっしゃられましたか？」

さすがの伯爵も意表を衝かれたらしく、目を剝いていた。

無理もない。これまでまったく意のままにならず、嫁がされるのを回避するために翼竜騎士にまでなってみせたシリルが、自らの意思でリュオンの許に行くと決めたと知らされたのだ。反抗に反抗を重ねられ、腸《はらわた》が煮え返る心地だっただろう。結果的に当初画策した通りになりはしても、伯爵の思惑とはなんら関係なく、シリルを介して王室と関わることもできそうにないとなれば、喜べる事態からは程遠いに違いない。

「いや、突然すぎて、なんと申し上げたらよいものか……」

伯爵は引き攣《つ》った笑みを浮かべ、ポケットからハンカチを出して額に浮いた汗を押さえる。嫌な汗を掻いているのは見ればわかるが、それよりどう返事をするか思案するための時間稼ぎをしているようだ。どうにかしてこの婚姻に自らの力を及ばせられないかと考えを巡らせているのが察せられる。

「驚かせてしまい、申し訳ありません、伯爵」

言葉遣いは丁寧に、だが、こちらの要望は押し通す。一歩たりとも譲るつもりはなかった。

「すでに父、王弟陛下には二人で挨拶を済ませております。先ほど婚姻の許しをいただきたいと申し上げましたが、成人している者同士の婚姻に当事者以外の許可は不要というのが我が国の法。これはご報告とお考えください」

返事はいらないので、そう悩む必要はないと皮肉を込めて言う。

「それはまた、ずいぶんと一方的な仰《おっしゃ》りようですな」

伯爵がムッとして憤懣《ふんまん》を滾《たぎ》らせているのが、怒りに満ちた声音に出ていた。

「そもそも、縁談を頑なに拒否していたのはシリル、おまえのほうだろう。翼竜騎士の称号を得たのはそのためだとほざいておきながら、その舌の根も乾かぬうちに、今度は婚姻するだと？　親をいいように振り回すのもたいがいにしろっ！」

リュオンを相手にするのは分《ぶ》が悪いと見ると、的を変えてシリルに居丈高に嚙みつく。

「申し訳ありませんが、まだわたしとの話の途中です。それに、いくら親子とはいえ、わたしの伴侶になると決まった人に暴言を吐くのはやめていただきたい。シリルに対する言動は、わたしに向けられたも同然です。そこのところご承知おきいただかないと、伯爵、あなたがお困りになりますよ」

穏やかだが、毅然とした態度で釘を刺す。

伯爵はぐっと言葉に詰まった様子で歯嚙みする。

二回り以上年下の若造にやり込められて、さぞかし憤懣やる方なしといった心境だろう。それでも押し黙らざるを得ないところに、伯爵の権力志向が窺える。リュオンの後ろに、王弟陛下だけでなく国王陛下までも見ており、彼らの不興を買うことを恐れているのがわかる。リュオン自身、いずれは侯爵家を継ぐ身で、伯爵より格上だ。

ここまで立場をはっきりさせておけば、シリルを己の野心のために利用しようなどという不埒な考えは捨てるだろう。それでもなおシリルに対して我が物顔で振る舞う気なら、こちらも持てる力を全て使って対処する。シリルは自分が守り通すと決めたのだ。

拳を握って、やり場のない怒りに身を震わせていた伯爵が、やがて屈辱に耐えるように、不承不承といった態度で祝福の言葉を口にする。

「失礼しました、殿下。愚息の予想外の心変わりに、少し動揺してしまいまして。あらためまして、このたびは、おめでとうございます」

おめでとうの言葉が上滑りしていて、白々しかったが、言質《げんち》さえ取れればここに来た目的は達成したので、素知らぬ顔で「ありがとうございます」とにっこり笑って応じる。愚息の予想外の心変わり、などというよけいな一言も、目論見が外れて悔しさでいっぱいだろう伯爵の胸の内を思えば、まぁこのくらいのことは不問に付そうと大らかになれた。

婚姻の報告をしに来ても祝賀ムードになることはいっさいなく、伯爵は形ばかり祝福するや、急に体調が悪くなったと言って奥に引っ込んだ。伯爵夫人は一月前から旅行に出ているとかで不在、長男は屋敷内にはいたらしいが姿を見せず、政府官僚の次男は出勤したとのことで、話にならない。伯爵家として恥ずべき応対ぶりで、執事が気の毒にもひたすら恐縮していた。

もとより、お世辞にも居心地がいいとは言えず、用もないのに長居したい場所ではなかったので、こちらも早々に引き揚げることにした。本来であれば、シリルが使っていた部屋や、遊び場、思い出の残る品などを一緒に見て、庭を歩きながら、出会う前の話を聞いたりしたかったのだが、とてもそんな雰囲気ではない。どのみちシリルの部屋はすでに片付けられてしまっているそうで、見せられるものもないらしい。

結局、伯爵邸にいたのは一刻足らずだった。

予想通りではあったし、面倒なことはさっさと済ませるに越したことはないので、一刻足らずで義理だけ果たせたのはよしとするべきだろう。

「おまえは伯爵の態度に傷つかなかったか?」

それだけが心配で、帰り道、シリルに確かめた。

シリルは苦笑して「あんな感じです。いつも」と、なんとも思ってなさそうだった。無理をしているふうではなく、リュオンもひとまず安堵した。

過去は変えられないが、これから先は自分がついている。

シリルを幸せにしたい。

目一杯可愛がり、大切にする。

家族になって、寿命が尽きるまで寄り添い合えたなら、きっと最高の人生だったと死ぬとき言えるだろう。

正直、シリルとの間に子供ができれば嬉しい。だが、それを面と向かって口にする気はなかった。

シリルにも何度となく言ったが、こういうことはなるようにしかならないものだ。

アルファのままのシリルと、ヨボヨボになるまで翼竜に乗り、広い空を共に飛び回る未来も、想像すれば楽しそうだ。騎竜はモルガンとグウェナエル以外には考えられない。翼竜も人間と変わらないくらい生きるようなので、その頃には二頭もかなりの高齢竜になっているだろう。けれど、彼らは死ぬまで空を飛び続ける気がする。

「さっきから、しかつめらしい顔をしたり、ニヤニヤしたりして、何を考えているんですか」

団長室のある特別棟を出て、中庭の遊歩道に足を踏み入れたところで、若干引き気味に白い目をしたシリルに聞かれ、気を取り直す。すぐに表情も引き締め、なんでもないように取り繕った。

「これからのことをあれこれ考えていた」

「式とか披露宴とか、避けて通れそうもないあれこれ、ですか」

シリルの表情が心持ち曇った気がする。そういう社交的な場はどうにも苦手のようだ。婚姻すること自体は問題なく、シリル自身もリュオンと生涯を共にしたいと望んでくれていることが言動の端々から感じ取れる。ただ、大勢の目に晒《さら》される中、慣れない振る舞いをしなくてはいけないのかと思うと、想像するだけで憂鬱になるらしい。

「式は当事者二人と司祭様がいれば挙げられる。披露宴は公爵家の庭を借りて、昼間ガーデンパーティー形式で行うのはどうだ。いくらかラフな雰囲気になると思うが」

「そんなひっそりとした感じで大丈夫なんですか」

長兄と次兄のときの経験からか、伯爵家の婚姻ですらもっと派手に、盛大に執り行われたのが頭にあるらしく、シリルは半信半疑のようだ。

「一般的な貴族の婚礼は確かに、豪華絢爛《ごうかけんらん》さを競っているのかと言いたくなるほど煌《きら》びやかだが、大切なのは当事者同士がどうしたいかだろう。最低限、お披露目したほうがいい身近な人々を招いて、一人一人に挨拶して回れたら十分だと俺は思うし、式に至っては、誓いの言葉や誓いのキスはお互いと神に届けばいいいと思っている。王弟陛下からも、二人で話し合って、自分たちのやりたいようにやれ、とのお言葉をいただいた」

「本当ですか。……よかった。ありがたいです」

ようやくリュオンの言葉を現実に受け止めた様子で、じわじわと遠慮がちに喜ぶ。一気に喜びを爆発させると、手のひらに掬った朗報が指の隙間から零《こぼ》れ落ちてしまうのではと心配したかのようだ。

「おまえにいらぬ負担を掛けるつもりはない。これは嫌だ、したくないということがあったら遠慮せず言え。男性アルファ同士、翼竜騎士同士、めったにない組み合わせの俺たちだからこそできることをやるのも一興だと思わないか」

「思います」

シリルもだんだん乗ってきた。声に張りが出て、瞳が輝いている。

型に嵌められるのが好きではなく、一人でもやりたいことをやろうとする生き方を好むのは、二人の共通点だと思う。そんな自分たちにふさわしい式とお披露目をしようという提案は、シリルの意にも適《かな》っていたらしい。

「式と披露宴の手配だけでも大変だが、他にもしなくてはいけないことが山積みだ。三月では心許ないが、先に延ばすとどんどん寒さが増して、庭での宴を再考しなくてはいけなくなる。なにより、早くおまえと一緒になりたい気持ちがあって、譲りたくなかった。我が儘を聞いてもらって悪いな」

「するなら早いほうがというのは同意見です。なるべく自分たちでやりたいけど、私もあなたも騎士団の任務の傍《かたわ》らでしかできないので、誰かに任せられそうなことはお願いしたほうが現実的かもしれないですね」

ずっと一人で考え、決断し、努力の末に目標を一つずつクリアしてきたシリルには、浮ついたところがほとんど見受けられない。実にしっかりしている。伴侶として頼もしいばかりだ。

「婚姻後は単身者用の部屋を出て、官舎に移らないといけないんですよね」

極めて稀《まれ》なケースだが、リュオンたちは共に翼竜騎士で、騎士団内の施設を利用する権利があるため一緒に住むことができるが、二人に現在あてがわれている部屋は単身者用で、ここに婚姻している者同士で入るのは禁じられている。翼竜騎士団の団員の半数超は婚姻者だが、外部の人間は連れてこられないため、皆単身赴任だ。

「申請はしておいた。古いが使い勝手のいい戸建てで、広さも十分だそうだから、問題ないだろう。家具や日用品はこちらで揃えることになる。次の休み、いつだ？　俺は騎士長権限で比較的自由が利くから、おまえに合わせる。今のうちから新生活に必要な品々を、街で見繕っておこう」

二人で買い物をするのは初めてだ。

想像するだけで照れと嬉しさが湧き、落ち着いていられなくてソワソワしてしまう。本当に好きな人とデートらしきことをした経験はなく、シリルとは告白から一足飛びに体の関係になり、そこでもう求婚するという早すぎる展開だった。なので、いわゆる付き合った期間がないに等しい。すっ飛ばした分を今やろうとしているわけで、順序が入れ替わった感がある。

シリルも似たような感覚を味わっているのか、どんな顔をすればいいのかわからないといった感じで俯いている。両の耳朶が赤く染まっていて、すぐにも抱きしめたくなった。中庭の真ん中だったので堪《こら》えたが、こんなふうにシリルを愛おしく思う気持ちに襲われるたび、早く一緒に住みたい、独身寮の二人部屋に帰したくないと身勝手な願望を膨らませる。恋をすると、自制心を試されることが予想以上にしばしばあるものだ。

次の休みを聞いて、ではその日にと約束し、別れた。

シリルは今から武道場で自主練に励むと言う。

リュオンには、これからもう一つ大事な用がある。

いったん自室に戻り、平服に着替えると、騎士見習いのトビに馬車を呼んでもらい、出掛けた。

*

自主練用の武道場でひとしきり汗を流し、井戸から汲《く》んだ水で顔を洗っていたら、同室のデヴィットが弓を射《い》るときの胸当てをした格好でやって来た。武道場と隣接する弓練習場でやはり自主練をしていたらしい。

「団長に婚姻の報告をしたのか」

噂話には普段無関心なはずのデヴィットに、淡々とした口調でいきなり言われ、動揺してタオルを落としそうになった。

「えっ、な、なんで？　ひょっとして、もう騎士団中に広まってるのか？」

団長室で話をしてから、まだ一刻半ほどしか経っていない。いくらなんでも早すぎだろう。いずれ皆に知られることなので隠す気はないが、不意打ちされた心地で狼狽える。

「いや、まだほとんどの人は知らないんじゃないか」

デヴィットは横に来てポンプを動かし、水を桶《おけ》に注ぎながら、何を考えているのか読みづらい顔で淡々と言う。感情が表に出やすいシリルとは真逆で、性格も、育ってきた環境も違うのだが、不思議と相性はいいようで、今期の同時入団者が彼でよかったと思っている。

「さっきまで副団長と横並びで行射《ぎょうしゃ》していた。そのときちらっと、きみがルフェーブル騎士長と一緒に団長室に入るのを見たと仰ったから、もしかしてと思っただけだ」

「ひ、引っ掛け……？」

まんまと自分から言わされた形になったと知り、やられた気分で目を覆う。

「人聞きの悪い。そんなつもりじゃなかった。以前からきみと騎士長のことは勘づいていたし、合同演習後にもらった休暇で帰省していた間に、明らかにきみが変わったのを感じていたから、まぁ、そういうことなんだろうと察していただけだ」

それと、副団長の言葉を結びつけたら、確かに最初の発言になるだろう。

「あー、納得。言われてみればそうだよな」

「皆にはまだ知られたくないのか。心配しなくても、俺の口から漏れることはない」

「遅かれ早かれ知れることだし、おれはべつにいい。たぶん、リュ……いや、ルフェーブル騎士長も気にしないと思う。でも正直、話が広まったらいろいろ面倒なことも起きそうだから、きみがしばらく黙っていてくれるなら、そのほうがありがたいかな」

「ならそうしよう」

デヴィットとは同じ部屋で寝起きしているが、普段そんなに話すわけでもない。二人とも口数が多いほうではないし、班が違って一日の行動も休日もめったに合わないため、それこそ朝起きる時と、夜寝る時だけ言葉を交わす感じだ。それ以外の時間に一緒に部屋にいても、それぞれ本を読んだり書き物をしたり、座学に備えて予習復習したりしている。個人的なことを話す機会は今までなかった。

「たぶん秋の収穫祭前後に、式っていうのかな、そういうの挙げることになりそうなんだ」

水場には他に誰もいなかったので、この際だと話を続けてみた。そのくせ、照れが先に立ち、喋《しゃべ》り方がぎこちなくなる。

興味がなければデヴィットははっきりしているので、「そう」とか、一言相槌《あいづち》を打って終わりにするだろう。

デヴィットは水に濡らしたタオルを絞る手を止め、シリルと目を合わせて、彼にしては感情の籠もった温かみのある声で「おめでとう」と言ってくれた。

心からの祝いの言葉だと感じられて、純粋に嬉しかった。お世辞や社交辞令を言うタイプでないと知っているので、素直に受け止められる。シリルにとってデヴィットは、数少ない信頼できる相手でもある。裏のない性格だと思われ、言葉や態度の裏を考えずにすむため、一緒にいて楽だ。こちらの言動も、曲解することなく、そのまま見てくれていそうな気がする。

「ありがとう。……なんか、こういうのむず痒いな。だけど、きみにはちゃんと言っておきたかった。同室のよしみってやつかな」

照れくささをまぎらわすために自分の後頭部を平手でポンポンと軽く叩く。

デヴィットはいつも通り落ち着き払った態度で、汗ばんだ首回りや顎のあたりを濡れタオルで拭いている。胸当ては外し、練習着の前を開けて鎖骨まで露《あらわ》にした格好で、動作には淀みがない。常に平静を保ち、堂々としているため、新人とは思えないと先輩騎士たちの間でも評判のようだ。上背があって、痩せ気味だが筋肉質のがっしりした体つきをしており、アルファと比べても遜色ないどころか圧倒するほど身体能力が高い。ベータのデヴィットのほうがよほどアルファらしいと陰口を叩かれても、そうだな、おれもそう思う、と負け惜しみではなく認めている。

「騎士長と一緒になっても、翼竜騎士団に残るんだろう」

デヴィットもこの話題を引っ張る。もう少し続ける気があるようだ。

「念願叶ってやっと入れた翼竜騎士団を今辞めるのはもったいなさすぎるだろ。騎士長も続けていいと言ってくれたから、このまま状況が変わりさえしなければ続けるつもりでいる」

「ルフェーブル騎士長ならそう言うだろうな。きみは、いい人と巡り合ったんじゃないか。端から見てもお似合いだ」

「だったら嬉しい。おれ自身、なんだか怒涛の展開に頭がついていってないところがあって、本当に騎士長はおれでよかったのかとか、考えだすと落ち着かなくなるから、客観的な意見を聞かせてもらえて結構ホッとしている」

「きみでもそんな心配をするのか」

デヴィットは細い目を瞠《みは》り、意外そうにする。

「それはするよ。なにもおれみたいなのを選ばなくたって、いくらでもお相手はいそうじゃないか。それこそ妖精みたいに綺麗な人だってオメガ性には珍しくないと言うし。素直で優しくて家庭的で、社交にも長《た》けた聡明な人のほうが、いずれ侯爵になる大貴族の奥方にふさわしい。冷静になった途端まずそう思って、ここだけの話、青褪《あおざ》めた」

抱き合って初めての経験に我を忘れ、熱に浮かされたみたいに勢いのまま婚姻に承諾したが、考えれば考えるほど現実がのし掛かってきて、いいのか、本当にこのまま進んでいいのか、という疑念が頭の片隅に居座っている。決してリュオンの気持ちを疑っているわけではないが、自分にそこまでの価値があるとはどうしても思えず、腰が引けるのだ。

「そういうお相手が他にいなかったから騎士長はきみにぞっこんなんだろう」

デヴィットはちょっと呆れているようだった。呆れていると言うより、そんな当たり前のことにも気付かないのかと、おかしがっているふうにも見える。苦笑を浮かべて言った言葉に棘《とげ》はなく、眼差しは穏やかだ。

「一生を左右するかもしれない大事だから、あれこれ考えて気後れするのはわかるが。俺も許嫁《いいなずけ》に求婚するときは、だいぶ迷った」

「えっ！　えっ、えっ！」

待って、待って、と驚くあまり、足元に置いたままだった桶を蹴飛ばしそうになる。

何をしているんだと、デヴィットに今度は本気で胡乱《うろん》な視線を向けられる。

「い、今、許婚がいるって言った？　さらっと言ったよな？」

「言ったが、そんなに驚くことか」

デヴィットは軽く眉根を寄せ、いささか心外そうにする。

「ごめん。意外だった」

正直に返事をするとデヴィットはフッと口元を緩ませた。

「変な意味じゃないから誤解しないでほしいんだけど、真面目で、鍛錬《たんれん》に励むことに専念していて、すごく禁欲的って印象が強くて、そこに許婚が入り込む余地があるとは想像できなかった」

「それもわからなくはない。よくそんなふうに言われる」

「どんな人か、もう少し教えてほしいな」

こうした話を根掘り葉掘り聞きたがるのは下品です、はしたない、と口うるさく厳格だった家庭教師なら眦《まなじり》を吊り上げそうだが、デヴィットはそんなふうには思わなかったようで、あっさり頷く。

「同じ学校に通っていた同い年の普通の人だ。今は故郷の近くの少し大きな街で働いている」

「じゃあ、ゆっくり会えるのは里帰りしたときくらい？」

「故郷はここからそれほど離れた所ではないから、ときどき向こうが俺の休日に合わせて、近くまで来てくれる。門限を気にしながらになるので、本当にゆっくりできるのは里帰りしたときだな」

「そうなるよな。だったら、きみももう婚姻すればいいのに。晴れて翼竜騎士の称号も得たんだから、お相手を待たせる必要もないんじゃないの」

「ああ。考えてはいる」

デヴィットは、よくよく注意して見なければ気付かない程度に表情を崩していた。照れているように感じて、ほっこりする。

近衛騎士団にいた頃は、デヴィットのことを、無表情で陰気な印象が強く、愛想がなくて何を考えているかわからないやつだと思っていて、近づく気にはなれなかった。騎士団での成績が拮抗《きっこう》していて、抜きつ抜かれつのライバル関係でもあったので、意識してはいたが、あえて知らん顔をしていたのも事実だ。今と同様に振り分けられた班がことごとく違っていたので接する機会自体ほぼなく、実際どういう人間なのか知らぬまま、翼竜騎士団で同期になった。

二人しかいない新人同士、寮では同室になって、ようやくぽつぽつと口を利くようになり、裏表のないさっぱりした性格だということも、存外付き合いやすいこともわかってきた。

今や、恋愛話までするような仲になるとは、感慨深いものがある。

「同じ日に二組同時に式を挙げるって手もあるな」

「さすがにそれは遠慮する」

ふと思いついて口にしてみたが、デヴィットに即座に退けられた。

「収穫祭あたりのよき日は、きみたちのハレの日にしてくれ。披露宴に呼んでもらえるなら、喜んで参加して祝福する」

「もちろん招待するよ。きみを呼ばないわけないだろ。王弟陛下のお屋敷の庭をお借りして、近しい関係者だけの集まりにしようと話していたところなんだ。しゃちほこばらずに、気楽に楽しめる場になればいいなと思ってる」

「ガーデンパーティーか。それなら吟遊詩人なんかも飛び込みで訪れるかもしれないな。風の向くまま、気の向くままと言われる人たちだが、昼間庭で宴会を開いていると聞きつけると、ふらりと立ち寄り、何曲か披露して、また風のようにどこかへ去っていくらしい。彼らに祝福された新婚カップルは生涯愛し合って幸せに過ごす、というジンクスがあって、皆、訪れを待ち侘びている。正規の吟遊詩人は国から身分証を授けられているから、宴の最中に限り、公爵邸だろうと王宮だろうと入れてもらえるはずだ」

「へぇ。そうなんだ。きみはなんでも知っているなぁ。吟遊詩人、来てくれたらいいけど」

期待しすぎると逆に来ない気がして、わざと軽く受け流す。

吟遊詩人の話が出るたびに少なからず心がざわつくが、たとえ披露宴の最中に吟遊詩人が訪れたとしても、それが昔母親と関係のあった人とは限らない。現在、吟遊詩人を名乗る人がどれだけいるのか知らないが、一人でないことは確かだ。会えるものなら会ってみたいと思っている人がたまたま現れる可能性は高くないだろう。

「祖母が薬の調合や占いで生計を立てている、いわゆる魔法使いで、俺は小さい頃からよく彼女と過ごしていたから、興味深い話を山ほど聞かされた」

「そういえば前に分けてくれた染み抜き、すごくよく落ちたな。あのときは助かった。あれもお祖母様からもらったものだと言っていたね」

「役に立ててよかったと祖母も喜んでいた」

そこでデヴィットは空を見上げ、太陽の位置を確かめると、はだけていた練習着のボタンを掛け、きちんと着直した。

「次の予定があるので、これで失礼する。きみといると時間が経つのが早い」

「引き留めて悪かったよ」

「最初に声を掛けたのは俺のほうだ。たくさん話せて楽しかった」

先に行くデヴィットを見送ってから、シリルも桶を片付け、水場を後にする。

部屋に戻って少し休もうと、宿舎に向かって歩いていると、背後から声を掛けられた。

「シリル」

「リュオン！」

振り返る前から声で彼だとわかっていたが、それでも顔を見た途端、歓喜が膨らんだ。

さっき別れたばかりだが、次の休みまで待つことなく、今日のうちにまた会えた。

職務中は上官と部下、先輩後輩の関係性を逸脱せず、けじめを付けると確認し合っているので、下手をすると顔は合わせても言葉は交わさないといった状態が続くやもしれぬ中、こうした偶然があるのは嬉しい。

「そろそろ鍛錬を終えて部屋に戻っている頃合いかと踏んで来てみたら、三つ編みを垂らした背中が前方に見えた」

リュオンのほうは偶然ここに来合わせたわけではなく、シリルに会いに来たらしい。

「着替えたんですね」

簡素な私服姿を見て、街にでも出掛けていたのかな、と推察する。一緒に団長室を訪ねた際には、揃って通常の制服姿だった。式典服より簡素な、着用する機会が最も多い軍服だ。座学などはこれで受ける。

「ああ。野暮用で外出していた。翼竜騎士団の制服は知れ渡っていて、目立ちすぎるからな」

案の定だった。

「野暮用、多いですね」

深い意味はなく、ちらと揶揄《からか》う。

「まぁ、そう言うな」

リュオンは小さく咳払いし、うやむやにしておきたいかのように受け流す。なんとなくごまかされたようで腑に落ちなかった。

なんだこの反応、と妙な心地になる。まさか、おれに知られたらまずいことでもあるんじゃなかろうな、と不穏な勘繰りをしてしまう。それが何かまではにわかには思いつけないが、隠し事をしているのは確かな気がした。

「それより、そんなに時間は取らせないから、今からちょっと俺の部屋に来てくれないか」

「この後は夕食の時間まで部屋でゆっくりするつもりだったので、いいですけど……」

「見せたいものがある」

何があるんですかと尋ねようとしたら、リュオンに先に言われた。

見せたいもの？　なんのことか想像もつかないが、どのみち断る気は毛頭なかった。これが今し方リュオンが隠したそうにしていたことと関係があるに違いないと思え、行けばわかると逸《はや》る気持ちを抑えた。

宿舎はコの字型の二階建ての建物と、特別棟と呼ばれる騎士長クラス以上の幹部専用の別棟で構成されている。団長、副団長は戸建ての官舎住まいだ。

特別棟は玄関から格式高い造りになっており、リュオンの部屋も立派だ。寝室と居間に分かれている上、琺瑯《ほうろう》の浴槽が据えられた浴室まである。一般の団員の部屋とは設備も広さも全然違う。備え付けの家具類は、いずれも上質で品のあるものばかりで、居心地よく配されている。

「ソファに座って少し待っていてくれ」

居間の中央に据えられた長椅子の端に腰掛けていると、廊下側の扉をノックする音がして、まだ十代と思しき小柄な少年が恭しく頭を下げて入ってきた。身の回りの世話を焼く小姓だ。騎士見習いの少年が、騎士長以上の幹部には一人ずつ付く。

「トビか。お茶を淹《い》れてきてくれるか」

隣の寝室兼書斎にいるリュオンが姿は見せぬままトビに頼む。

「かしこまりました」

トビは礼儀正しく壁の向こうのリュオンに向かってお辞儀をすると、シリルにも気持ちのいい笑顔を向けて会釈し、廊下の中ほどにある給湯室にお茶を淹れに行った。

入れ替わりに寝室のドアが開き、リュオンがやっと出てくる。

少しと言いながら、ずいぶん時間が掛かりましたね、と冗談っぽく言おうとして、目を瞠った。

「また着替えたんですか」

今度は式典用の壮麗な軍服姿で現れ、心臓を鷲掴みにされたようにドキッとした。

かっこいい。似合いすぎだろう。こんなの反則だ。ずるい。

「待たせて悪かったな」

「……いえ。いいですけど」

もはや文句など言う気にもならず、でもどうして、と疑問だけ残してぼうっとリュオンを見上げる。

リュオンはそんなシリルの前に歩み寄ると、いきなり足元に片膝を立てて跪《ひざまず》く。

「えっ。どうしたんですか」

「この前は用意していなくて、これを渡しそびれた」

何事かとびっくりしてたじろぐシリルの目の前で、リュオンはポケットから、手のひらに載るサイズの小箱を取り出して見せた。

あ、指輪だ。婚約の証《あかし》に贈る指輪に違いない。

すぐにわかって、ぼわっと頬が火照《ほて》りだす。

これを買うために街に出たのか、と一気に納得した。こういう物なら、外を歩きながら見せるはずもない。なぁんだ、という安堵と、僅かでも疑って悪かったという気持ちが押し寄せる。

リュオンが慎重な手つきでビロード張りの小箱を開ける。

台座に埋められているのは、見事な色と大きさで、神々しいほどの輝きを放つ、緑石をあしらった金の指輪だ。

「これ……こんなすごい指輪、どこで……？」

リュオンはすぐには答えず、台座から指輪を取って、シリルの左手の薬指に嵌めた。

サイズを測って作ったかのようにぴったりだ。

「え、どうして」

自分でもさっきから、どうしてばかり言っている自覚があったが、何度も何度も驚かされて、それ以外の言葉が出てこない。

「ああ、やっぱり似合う」

シリルの手を恭しく手のひらに乗せ、リュオンが目を細めて感嘆する。

「これは母が父から贈られた婚約指輪だ」

もう何を聞かされても驚かないつもりでいたが、最後にまた目を見開かされた。

「そんな大切な物、私が受け取っていいんですか」

嬉しいより、申し訳ない気持ちが先に立ち、さすがに萎縮する。

「きみの指のサイズに合わせて直すよう、街の大きな宝石店の工房に頼んでいた。さっき受け取ってきたばかりだ」

サイズ直しまでしたと聞き、リュオンの本気が伝わってくる。

「王弟陛下がお贈りになったということは、もともとは王室に伝わる宝なのでは」

おそるおそる確かめる。

リュオンは「そうだ」と事もなげに答える。眩暈《めまい》がしそうだった。

「先代の王妃が先代の国王から贈られた指輪で、由緒ある宝なのは確かだが、そんなことより俺としては、この金と緑がおまえにぴったりだと思って、それで母上に譲ってくださいとお願いした。母上は快く承知してくださったばかりでなく、おまえの指のサイズにきちんと直してから贈るようにと、王室御用達の宝石店まで紹介してくださった」

聞けば聞くほど指輪の重みが手を震えさせる。

「皆、おまえが俺の伴侶になって家族が増えることを、歓迎してくれている」

あらためて言われ、胸が熱くなった。

「王弟陛下も、この指輪はおまえのためにあつらえたかのようだ、と仰っていた」

リュオンの言葉が一言一句心に響く。

「皆が俺とおまえの婚姻を喜び、祝福している」

ぐっと手を握りしめられ、引き寄せられた。

上体が傾ぎ、前のめりになったところを、跪いたリュオンに下から掬われるようにキスされた。

口を塞がれた瞬間、柔らかな唇の感触に官能を刺激され、全身に震えが走る。

最初のキスは軽めに粘膜を押し付け合っただけで離されたが、それで終わりそうな雰囲気ではなかった。

シリル自身、家宝も同然の指輪を嵌めてもらったことで、気持ちが昂《たかぶ》っていた。

ここまで深い気持ちを知らされて平静でいられるわけがない。

リュオンが立ち上がり、シリルの傍に腰を下ろす。

直後に、計ったようなタイミングで再びトビがノックをして部屋に入ってきた。

ふわりと爽やかな香りが漂ってくる。手にした銀盆に二人分のお茶が入ったポットと、ティーカップ二客が用意されている。

トビは二人にお茶を出すと、心得た様子できっちりドアを閉めて出ていった。

「気を利かせてくれたようだ」

「は、春の香りを集めたように爽やかなお茶ですね！」

二人同時に全然違うことを言っていた。

リュオンは悪びれずにこの状況を楽しんでいる。シリルは羞恥から流れに逆らう発言をし、リュオンに揶揄《やゆ》する眼差しを向けられた。

「このお茶、秘密基地で淹れてやったのと同じ茶葉と乾燥花弁を配合したものだ」

言われてみれば、雨宿りをした洞穴で飲んだのと同じ香りがする。あのときはちゃんとしたお茶の道具がなくて、片手鍋で茶葉を煮出したものだったが、一口飲んでみて、あ、と記憶が蘇った。

「ああ、これだ。やっぱりお茶はトビに淹れさせるのが一番美味しい」

「本当に美味しいですね」

新居にトビも来てくれるのだろうか……と考えつつ、ソファに並んで座ってお茶を飲む。

先ほどのキスの余韻はまだ残っていて、あろうことか下腹部を疼《うず》かせていた。

リュオンといると、どんどん淫らに、欲深になっていくようで、この先どうなってしまうのか少し怖い。

膝に置いた左手に、まだ全然慣れない重さがあり続けるのを常に意識する。

視線を落とすと、そこには分不相応ではないかと震えそうなくらい豪奢な緑の石付きの指輪が嵌っていて、異世界に紛れ込んだのかと錯覚しそうになる。

近衛騎士団に入団したとき思い描いていた未来とは全然違う。

けれど、後悔は微塵《みじん》もない。

「新婚旅行、お互い職務があるからせいぜい七日間程度しか休暇を取れないと思うが、また二人でゲレ岳に登ってみるか」

シリルの手から、飲み終えて空になったティーカップを取り、ローテーブルの上に置くと、リュオンは体の向きを変え、シリルをソファにゆっくり押し倒してきた。

そのまま自分も座面に膝を突き、覆い被さってくる。

「山頂に着いたら、グウェナエルとモルガンを呼んで、思い切り飛び回らせてやろう」

「いいですね」

聞いただけで鮮明に想像でき、背中に乗せてもらって風を切るあの感覚まで現実と変わらないリアルさで体感できる。

ワクワクしてきた。

昂揚《こうよう》して熱を持ってきた体を裸にされる。

唇を吸われる傍ら、指や手のひらをあちらこちらに滑らせて、感じやすい場所を探り当てては弄《まさぐ》られる。

尖って膨らみ、猥《みだ》りがわしく凝《しこ》った乳首を指で摘《つま》み上げられ、指の腹で揉みしだかれると、声を出さずにはいられない感覚に襲われ、狭いソファの上でのたうった。

小刻みに、くっつけては離し、角度を変えてくっつけてまた離すといったキスを飽きずに繰り返され、唇がふやけそうになる。

舌を入れてこられたときは、待ちかねた心地で、自分から搦《から》め捕《と》っていた。

淫靡《いんび》な水音を立てつつ、濃厚なキスをし合う。

一方的にされるまま、おとなしく身を任せるだけの行為では満足できず、積極的にリュオンの逞しい体に手を這わせた。

うっすらと汗ばんできた肌と肌とを密着させ、濡れそぼった唇を互いの肩や首に押し付け合い、啄《ついば》み、吸引する。

リュオンがシリルの肌に花弁を散らせば、シリルもリュオンに同じことをして返す。

楽しかった。

そして、途方もなく気持ちがいい。

シリルの中にリュオンが猛った雄蕊《ゆうずい》を挿《い》れてくる。

上擦った声を上げ、苦しさと悦《よろこ》びを交互に感じながら、上り詰めていく。

リュオンも息が上がってきた。

感じているのが奥まで深々と貫く剛直の硬さ、太さから察せられる。

「愛している」

腰の動きを大きくしてシリルの体を揺さぶりながら、リュオンが熱っぽい表情を見せる。

「私も」

感じて喘ぎながらだったので、それだけ言うのがやっとだった。

リュオンがシリルの最奥《さいおう》に熱い迸《ほとばし》りを放つ。

粘膜に浴びせられたとき体が打ち震え、ゾクゾクする感覚に見舞われて、乱れた声を上げた。

「シリル」

抱き竦められ、顔中にキスを落とされる。

シリルからもリュオンを抱きしめた。

オメガになってもいい――しっかりと抱き合いながらシリルの胸を占拠したのは、そんな想いだった。

あとがき

巨大な翼を持つ相棒の背中に乗って、自在に空を飛び回れたらきっと気持ちがいいだろうな、と憧れています。

現実世界では無理だけど、そういうのがありな世界に主人公たちを置いてみたい。というわけで、本作を書きました。翼竜がいて、国王がいて、近衛騎士団や翼竜騎士団、さらには辺境伯や辺境警備隊がいる世界です。男女の性別だけではなく、アルファ、ベータ、オメガの三種にも分かれ、アルファ同士で関係を持つと一方がオメガ化するかもしれない、という設定も盛り込みました。

ファンタジーならではで好きなように世界観を構築することができ、自分なりの解釈やルールを考えるのも楽しかったです。

読者様にもお楽しみいただけましたなら幸いです。

本作の主人公たちは大変書きやすく、これから先彼らに何が起きるのか想像しては一人ニヤニヤしてしまうのですが、彼らと同じくらいいろいろと思い巡らしているのが、作中ちょこちょこと話題にのぼる吟遊詩人さんです。謎めいた不思議な人物で興味が尽きません。最後の最後に姿を現す場面を挿入してみました。シリルやリュオンは果たして気がついたでしょうか。

イラストは春牛先生にお世話になりました。

キャラクターラフを見せていただいたとき、私の想像そのままのシリルとリュオンがいて、うわぁと歓喜しました。グウェナエルとモルガンまで描いていただき、大きさの対比のために乗せてみてくださった画が可愛くて、ワクワクが止まりませんでした。急なお願いだったにも関わらずお引き受けくださいまして、本当にありがとうございます。

四六判ということで、装丁も素敵にしていただきました。装丁を拝見するのが大好きなので嬉しかったです。制作に関わっていただいた皆様にもお礼申し上げます。ありがとうございました。

ここ数年はゆっくりペースになっていますが、書き続けられる限り執筆活動に勤しみたいと思っております。

また次の本でお目にかかれますように。

ここまでお読みくださいまして、ありがとうございました。

遠野春日

初出一覧

翼竜騎士とアルファの花嫁	書き下ろし
婚約報告	書き下ろし

弊社ノベルズをお買い上げいただきありがとうございます。
この本を読んでのご意見、ご感想など下記住所「編集部」宛までお寄せください。

リブレ公式サイトで、本書のアンケートを受け付けております。
サイトにアクセスし、TOPページの「アンケート」から
該当アンケートを選択してください。
ご協力お待ちしております。

「リブレ公式サイト」
https://libre-inc.co.jp

翼竜騎士とアルファの花嫁

著者名　遠野春日

発行日　2024年4月19日　第1刷発行

発行者　太田歳子

発行所　株式会社リブレ
〒162-0825 東京都新宿区神楽坂6-46
ローベル神楽坂ビル
電話03-3235-7405(営業)　03-3235-0317(編集)
FAX 03-3235-0342(営業)

印刷所　株式会社光邦

装丁・本文デザイン　円と球

Printed in Japan
ISBN978-4-7997-6655-2